牵手,去美国
世界那么大,带上孩子早点出发

唐甜甜 著

中央广播电视大学出版社
·北京·

图书在版编目（CIP）数据

牵手，去美国／唐甜甜著．—北京：中央广播电视大学出版社，2016.10（2016.12 重印）
ISBN 978-7-304-07960-4

Ⅰ.①牵⋯ Ⅱ.①唐⋯ Ⅲ.①游记—作品集—中国—当代 Ⅳ.①I267.4

中国版本图书馆 CIP 数据核字（2016）第 177275 号

版权所有，翻印必究。

牵手，去美国
QIANSHOU，QU MEIGUO

唐甜甜　著

出版·发行：中央广播电视大学出版社
电话：营销中心 010-66490011　　　总编室 010-68182524
网址：http://www.crtvup.com.cn
地址：北京市海淀区西四环中路45号　　邮编：100039
经销：新华书店北京发行所

策划编辑：孙　勃	版式设计：黄　晓
责任编辑：李　刚	责任印制：赵连生

印刷：北京市雅迪彩色印刷有限公司
版本：2016年10月第1版　　　　　2016年12月第2次印刷
开本：169mm×239mm　　　　　　印张：12　字数：195千字
书号：ISBN 978-7-304-07960-4
定价：42.00 元

（如有缺页或倒装，本社负责退换）

谨以此书献给我的天使：美啦啦

亲爱的美啦啦，
这是妈妈为你写的第二本书，
爱你的妈妈：甜甜圈

序

她叫美啦啦，是上苍赐予我们的礼物。

遇见南美之后，我们"遇见"了她。

后来的日子里，即使还在娘胎里，即使还未呱呱坠地，美啦啦就已经和我们一起绕着地球跑了近一圈，南半球、北半球，美洲、欧洲、亚洲！春的江南、夏的海滩、秋的落叶、冬的冰雪里，每一段大大小小的旅途，只要在路上，我们三人一定形影不离；而每一次的旅途，她，总是有足够的话语权。

"妈妈，我还要去旅行！"4周岁生日的时候，她许下的愿望依然如故。

2015年夏天，旅途的目的地，依然是我们三人共同投票确定的：

她痴迷于迪士尼的米奇世界，

他狂热于大自然的鬼斧神工，

我热切地向往着可以发呆的文艺小镇……

于是，在世界地图上搜索了一圈又一圈，要想一站式地满足我们所有的愿望，毫无疑问，目的地只能有一个——美国西海岸。这注定是一次不得不去的爱之旅！

9天的旅程，很短；留下的记忆，却很长。

她第一次在异国迷路，第一次用英文搭讪，第一次遇见直升机救火，第一次行走在千米悬崖深渊之上的玻璃桥，第一次坐上插了"竹蜻蜓"的飞机……她爱上了比她的幼儿园大很多的斯坦福大学，她想和印第安大叔交朋友，她用她的行动实现了去迪士尼大学找米妮的梦想。

在我看来，她的世界，其实是另一个世界。和她同行的每一天，她都给予我满满的正能量：她的思、她的想、她的勇气、她的坚持、她的热情，还有，她对未知世界的无尽好奇。

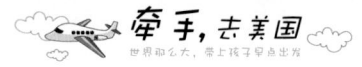

9天的旅程，很短；留下的情感，却很真。生怕时间冲淡了滋味，所以，旅途中的每个夜晚，在她安睡之后，我会记录下最真切的感受。旅途结束的时候，我的手稿也完成了。于是，有了这本书。

感谢一路上所有相识或者不相识的帮助过我们的朋友，谢谢你们！

世界很大，我想带她早点儿出发；世界很大，我不想停下和她同行的步伐；世界很大，我们需要一起出发！

唐甜甜

2016年6月19日

《你的孩子其实不是你的孩子》
纪伯伦

你的儿女,其实不是你的儿女。
他们是生命出于自身渴望而诞生的孩子。
他们借助你来到这世界,却非因你而来,
他们在你身旁,却并不属于你。
你可以给予他们的是你的爱,而不是你的想法,
因为他们有自己的思想。
你可以庇护的是他们的身体,而不是他们的灵魂,
因为他们的灵魂属于明天,属于你做梦也无法到达的明天,
你可以拼尽全力,变得像他们一样,
但不要让他们变得和你一样,
因为生命不会后退,也不在过去停留。
你是弓,儿女是从你那里射出的箭。
弓箭手望着未来之路上的箭靶,
他用尽力气将你拉开,使他的箭射得又快又远。
怀着快乐的心情,在弓箭手的手中弯曲吧,
因为他爱一路飞翔的箭,也爱无比稳定的弓。

目 录
Contents

Chap.1
倒数3个月 /1

（1）3分钟面签记 / 2
（2）兴奋了3个月 / 8
（3）没有起床气的不眠之夜 / 10

Chap.2
飞到旧金山 /15

（1）对着星星许了个愿 / 16
（2）出师不利的小高烧 / 17
（3）入境：苹果差点儿闯了祸 / 22

Chap.3
旧金山 /27

（1）斯坦福大学：真的比我的幼儿园大很多 / 28
（2）着火了，怎么没有消防车 / 44
（3）1号公路里的17里湾 / 46
（4）卡梅尔小镇：迷路不哭，寄存在童话里 / 57
（5）没有罐头的罐头厂里有糖果 / 64
（6）纳帕古堡：睡美人喝醉了 / 67
（7）加州伯克利大学：博导叔叔带我逛校园 / 73
（8）原来金门大桥不是红色的 / 78
（9）渔人码头39号：我们失去了免疫力 / 84

Chap.4
拉斯维加斯的饕餮 /91

（1）夜访不夜之城 / 92
（2）敞开肚皮，奢侈一回 / 96

Chap.5
游不够的科罗拉多大峡谷 /99

（1）救命的耶稣亚树和她想要的美啦啦树 / 101
（2）和印第安大叔交个朋友 / 104
（3）玻璃桥上的步步惊心 / 108
（4）上天下海不害怕：第一次坐上插了竹蜻蜓的飞机 / 116
（5）红红的石头煮了一大锅红红的热汤 / 124

Chap.6
我有 10 美元 /127

Chap.7
HIGH 翻迪士尼 /131

（1）The line / 133
（2）那个铜像是谁？/ 133
（3）第一次用英文搭讪 / 136
（4）走到尽头，去米奇家做客 / 140
（5）舍不得离开的海底总动员 / 143

Chap.8
好莱坞环球影城 /149

（1）星光大道：满地的星星数不清 / 150
（2）环球影城：水世界里的落汤鸡 / 154

Chap.9
再见，美国 /165

后记 /169

附：9 天美国西海岸行程安排 /179

Chap.1

倒数 3 个月

南方进入初夏的时候，我们进入了出发前的倒计时。

书房的墙面上，挂着的那本日历中，每一个方格里早已被我们填满了不同颜色的标记：签证、路线、攻略、机票预订、酒店预订、门票网购……到了夏天，就——出——发！

从确定路线的第一天，美啦啦便开始不厌其烦、日复一日地对着我问：

"妈妈，距离出发还有多少天啊？"

"我们去台湾的时候要办理一个小本本，还要去像馆照相，这次怎么还没带我去拍照啊？"

"为什么你要去见面试官，我不用呢？"

"飞机票买好了没有？"

"别忘记带上我的手推车，不然我走不动就麻烦了！"

"还有，我的奶粉也要带，你的自拍神器也要带，最重要的是随身的护照千万别忘记了"

……

大大小小的琐事，她都一一记得，她在按照她经历过的旅程，煞有其事、有条不紊地铺排着我的每一天。

其实，她真的只是刚刚过了4岁，而已。

（1）3分钟面签记

十年签证的利好消息之后，人们对于赴美旅游签的热情，似乎在一夜之间被释放了。

准备的过程，仿佛在备战一场战役；要保持持续的热情，可真不是一件容易的事儿。

除去网络 DS-160 表格的填写，在线支付缴纳 160 美元，预约面谈时间不算，最烦琐的要数逐个落实那一大沓十余个备用的支持性文件：户口本、结婚证、工作证、中英文在职证明、银行存折、房产证……

面签，这一天终于等到了！我们预约的时间是 4 月里最后一个工作日的 14：30。

炎热的大中午，广州，珠江新城华夏路，还没到 14：00，领事馆外早已是等候着的长长的队伍，我不禁擦了把汗：按照如此龟速，我们一定会迟到。幸运的是，我们被工作人员领到了最右侧的预约等候区优先核对资料——类似于机场的快速登机的优检通道。5 道查验程序均由身穿红色衣服的工作人员一一把控，仅仅是护照、DS-160 条码、缴费编号的核验就至少经历了 3 次。过了一道又一道的长廊，来到了安检的屋子。这里的安检比起机场的安检似乎更加复杂，严格程度堪比国际航班的中转站，男人们不但要把鞋子脱掉，就连皮带也要统统卸下，各种大包、小包均不得携带入内。

终于到签证大厅了，这里所有的面签官都被隔在厚厚的玻璃之后，就像银行的存取款柜台那样，他们半侧着身子，身体的左侧是录入信息的台式电脑。在这里，我们经历了又一次资料核验，护照、DS-160 表格确认、交费预约单校验无误后，红衣工作人员把我们带入指纹录入区，十个手指按先左手后右手，先大拇指再其余四指的顺序全部录入，最后，到等候区等待面签。

签 or 免签

2014 年 11 月 11 日起，中美互惠延长发放给对方公民的短期商务、旅游签证以及学生和交流签证的有效期。中国公民申请美国商务（B1）、旅游（B2）或商务/旅游（B1/B2）类签证，可获发有效期最长为 10 年的多次入境签证。

对于 14 岁以下或者是 80 岁以上的申请人，或者上一个美国签证失效日期未超过 48 个月，并且此次赴美与上次目的相同，那么可以通过免面谈续签服务申请签证。其他则需提出申请获签。

我们的签证官是一个咖啡色头发的白人青年小伙子,说着标准的中文:
"你们去美国的目的是什么?"
——"旅行。"
"你们是一家人吗?"
——"是的。"
"你们去多久?"
——"9天。"
"恭喜你,你的申请被获批准了。"紧接着,他递给我们一张黄色的比A4纸张要小点儿的中英文获签通知单。

仅仅3个问题,不到3分钟的问答,我们获签了。

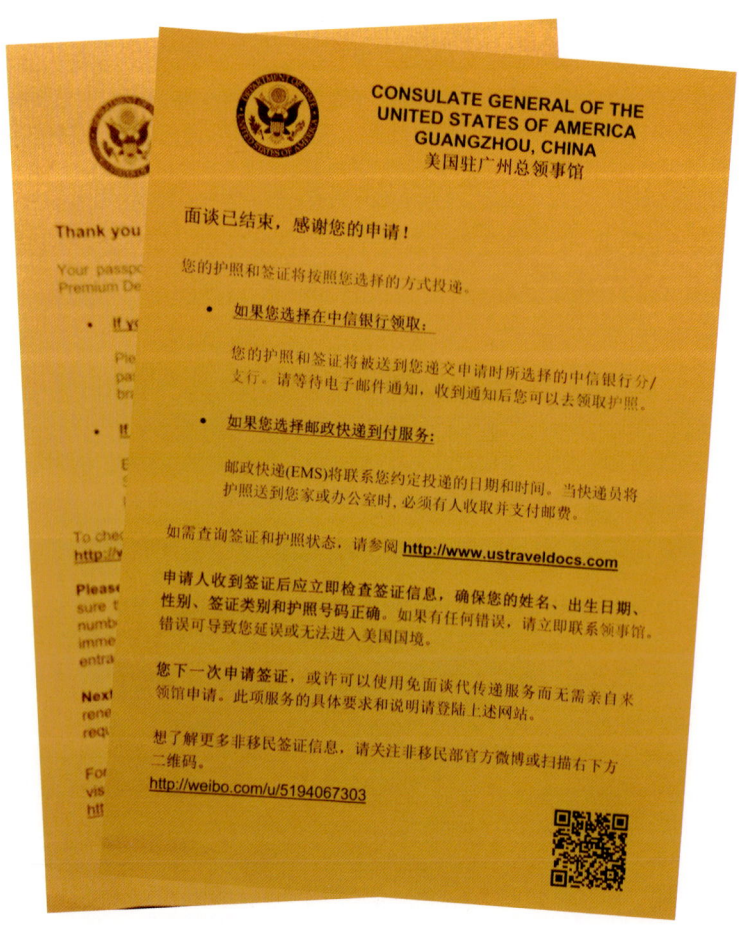

明明白白去面签

第 1 步 选择正确的签证类型。

毫无疑问，签证类型应选择旅游、度假、观光客的 B 类。

> 注 常见非移民签证包括：商务签证、旅行签证、工作签证、学生签证、交流访问学者签证、过境/船员和机组人员签证、宗教工作者签证、家庭雇员签证、记者和媒体签证等。

第 2 步 填写 DS-160 表格。

官网上有详尽的 DS-160 表格填写指南，需确保所有信息均正确无误。提交表格之后将无法进行任何更改，提交生成的 DS-160 编号需牢记用于预约面谈时间。

> 注
> 1）所有的申请人，包括儿童在内，都必须拥有自己的 DS-160 签证申请表。
>
> 2）可通过在线方式完成并提交 DS-160 表（当然也可以通过旅行社代为提交）在填写申请表的过程中，如果未操作时长超过 20 分钟，申请流程将被终止。所以记下页面右上角显示的申请编号很重要，使用该申请编号继续进行申请。否则就要重新填写白费工夫了。同时，需要上传一张最近 6 个月内的照片，照片要求为 2 英寸×2 英寸（约 5 厘米见方）的白色或浅色背景免冠正面照。
>
> 3）DS-160 表格完成之后，会生成标有字母加数字格式的条形码确认页，预约面谈时需 DS-160 表确认页上的条形码编号。去使馆/领事馆面谈的时候带好打印清楚的确认信。大使馆或总领事馆不接受手写或机打填写的申请表，如果没有 DS-160 表的确认页，将无法参加面谈哦！
>
> 4）预约面谈的使馆/领事馆，必须与 DS-160 表格开头选择面谈地点的使馆/领事馆保持一致。

第 3 步 缴费 160 美元。

签证申请人（包括儿童在内）均需缴纳签证申请费，此笔签证申请费不予退款、不得转让，无论是否获得签证，均需缴纳签证申请费。缴费后会收到一张收据，自付款之日起生效，有效期一年，可以凭此收据预约美国大使馆或总领事馆的面谈。

> 注 在支付签证费之前，注意查看银行和支付方式页面中的信息，支付完成后，系统将为您创建个人资料，务必妥善保管收据，以便通过

Chap.1 倒数3个月

Chap.2
Chap.3
Chap.4
Chap.5
Chap.6
Chap.7
Chap.8
Chap.9

收据编号预约签证面谈。目前,可以到中信银行800多家营业网点或通过中信银行ATM自动柜员机缴付签证费用,也可使用中资银行发放的借记卡在线缴费。

第4步 预约面谈时间。

请通过支付签证手续费时使用的凭证登录个人资料页面。进入系统—控制面板—左手侧菜单"安排面谈时间"(Schedule Appointment)—启动预约安排流程。

> **注** 同行的一家人只需预约一个面谈时间即可,但需提供如下信息:
> 1)护照号码:请确保您填写至个人档案的护照号码与您护照上所显示的完全一致,并且必须以英文字母开头。
> 2)签证申请缴费收据上的编号。
> 3)DS-160确认页上的十(10)位条形码编号。
> 6)接下来的流程中,依次选择签证类型—个人信息—添加亲属—文件送达地址—确认签证费用的缴纳状态—安排面谈时间。

第5步 面签。

按照约定的时间到美国大使馆进行面谈,携带的有效护照,有效期需超出在美预定停留期至少6个月、签证申请(可机读签证)费缴费收据、DS-160确认页、邮箱地址。

> **注** 面谈时需要随身携带附加材料,即使现场很少需要被签证官要求查阅。可能会视情况要求提供出行所需的其他有效文件包括如下资料:有效的个人因私护照、旧护照、身份证、全家人户口本整本、结婚证、名片/工作证、签证照片2张、风景、生活照片(曾经出游过其他国家或北美的旅游照片几张)、工资存折和银行存折、房产证/购房合同/发票、中英文在职证明、DS-160表格确认页、交费预约单等。
> 特别提示:大使馆和总领事馆禁止带包和手机入内,因此请尽量比预约时间提前半个小时左右到达,在附近先找地方把贵重物品存放好。

第6步 护照寄送。

如果签证获批,护照将寄送至您在预约面谈时选择的指定地点。

> **注** 签证申请获得批准之后,护照及签证将通过以下两种方式送达:
> 1)在线所选择的中信银行营业网点。中信银行只会将护照资料保留15天,15天之后未被领取,将会被退还到大使馆或领事馆。
> 2)送到预留的地址,收到时直接支付额外的运送费用给EMS。

Tip3 6大区，就近面吧

中国的版图真的很大，不同省份的爸爸妈妈最好选择就近办理旅游签证，官网：http://www.embcolch.org.cn，除在北京的驻华大使馆外，美国分别在上海市、广州市、成都市、沈阳市、武汉市（暂未提供签证服务）和香港特别行政区开设有总领事馆。

1. 如果您在：北京市、天津市、新疆维吾尔自治区、青海省、甘肃省、陕西省、山西省、内蒙古自治区、宁夏回族自治区、河北省、河南省、山东省、湖北省、湖南省、江西省，可选择在北京的美国驻华大使馆办理，信息如下：

- 地址：北京市朝阳区安家楼路55号，邮编：100600
- 电话：(010)65323831。
- 网址：http://chinese.usembassy-china.org.cn/
- 签证话务中心：4008-872-333（从中国拨打）

2. 如果您在：上海市、浙江省、江苏省、安徽省，可选择美国驻上海总领事馆办理签证，信息如下：

- 地址：上海市南京西路1038号梅龙镇广场八楼，邮编：200031
- 电话：(021) 64336880
- 网址：http://shanghai-ch.usembassy-china.org.cn/
- 签证话务中心：4008-872-333（从中国拨打）

3. 如果您在：黑龙江省、吉林省、辽宁省，可选择美国驻沈阳总领事馆，信息如下：

- 地址：沈阳市和平区十四纬路52号，邮编：110003
- 签证预约：(024)23222147；
- 签证咨询：(024)23221198
- 网址：http://shenyang.usembassy-china.org.cn

4. 如果您在：贵州省、四川省、云南省、西藏自治区、重庆市，可选择美国驻成都总领事馆，信息如下：

- 地址：四川省成都市领事馆路4号，邮编：610041
- 电话：(028)85583992，(028)85589642
- 签证话务中心：4008-872-333（从中国拨打）
- 网址：http://chengdu.usembassy-china.org.cn

5. 如果您在：福建省、广东省、海南省、广西壮族自治区，可选择美国驻广州总领事馆，信息如下：

- 地址：广州市天河区珠江新城华夏路（靠近地铁3号线或5号线珠江新城站B1出口），邮编：510623
- 电话：(020)38145000
- 网址：http://guangzhou.usembassy-china.org.cn

6. 如果您在：香港特别行政区、澳门特别行政区，可选择美国驻香港总领事馆，信息如下：

- 地址：香港花园道26号
- 电话：(852)25239011
- 网址：http://chinese.hongkong.usconsulate.gov。

（2）兴奋了3个月

从准备出行到起飞，我们足足耗费了3个月的时间。

从头至尾，美啦啦一直兴奋着，或许，应该用亢奋来形容才更为贴切。一直以来，我以为我已经彻底了解她了，这一次，我发现我真的完全低估她了，她的坚持，她的独立，和她向往立刻奔向旅途的快乐让我无限地意外和感动。

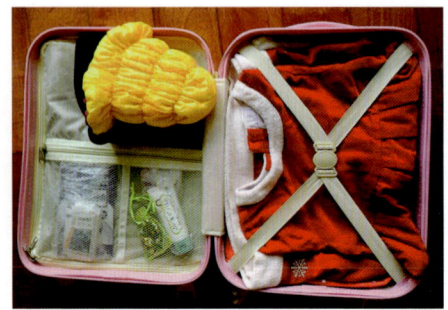

收拾行李，向来是她最热衷的事情。按照惯例，我们会一同在出发前一周，列出各自的行李清单，然后，我们一起去采购缺少的物品，最后，由她看图完成自己行李的收纳与整理。

兴奋伴随着临行与出发的到来，显得越发浓烈，最后一夜，完全已经变成了亢奋。她几乎是要整夜不眠。

妈妈和宝宝出行的必备物品

1. 宝宝必备物品

1）吃：奶粉（旅途中食物不适时应急）

2）穿：长衫长裤、遮阳帽、游泳衣、太阳眼镜（加州的阳光很烈，防止灼伤眼镜）

3）用：水壶、牙膏、牙刷及拖鞋（美国的酒店通常没有一次性牙膏、牙刷、拖鞋等）、伞车、防晒霜、随身备用小药箱（温度计、退烧贴、蒙脱石止泻药、防蚊水、创可贴等）

2. 其他

1）千万不要忘记：护照、银行卡/信用卡（带有VISA、MasterCard、美国运通标识的国际信用卡）、现金（多换小钞以方便使用）

2）出行前的准备工作：

手机：开通国际漫游业务的智能手机为宜，建议租借随身WiFi热点，或在抵达后办理当地带有移动数据流量的电话卡，以方便在线查询旅游信息、检索地图等。

美元兑换：中国出境每人可携带5000美元。携带美元或等值货币$10000.00以上须在填写美国海关申报表时如实填写，否则可能会被扣留。不少美国银行开通了人民币兑换服务，也支持银联卡取现，当然，会收取一定比例的手续费。所以大额消费还是推荐刷信用卡，日常支出用现金就好。美国的货币单位是美元（dollar $），纸币面额有100美元、50美元、20美元、10美元、5美元、2美元、1美元七种，硬币有25分（quarter）、10分（dime）、5分（nickel）、1分（penny）四种。

转换插座：美国使用的是电压为110伏特60赫兹交流电，三眼插座也与中国不同，可能会用到变压器和转换插座（手机和照相机的充电器以及笔记本电脑的电源适配器通常是宽电压版，一般可以正常使用，但是请先行确认以策安全）。

Chap.1
倒数3个月

Chap.2

Chap.3

Chap.4

Chap.5

Chap.6

Chap.7

Chap.8

Chap.9

保温杯：如喜欢喝茶建议自带保温杯；酒店冷水龙头的自来水可直接饮用，水龙头的热水不能直接饮用，可用酒店的咖啡壶当电水壶做水，但是公共场所热饮只有热红茶或咖啡提供，水一律是冷的。

3）一些必须知道的事宜：

个人财务：可以充分利用房间内的保险箱，除了每天给房间清洁工的小费外，离开房间时勿将个人钱财放于枕头下或者枕头内，清洁工会认为这是您所支付的小费而拿走。

海关：入关时水、肉类、动植物等属于违禁品，如果携带入关就要全团重新开箱检查，特别麻烦，请尽量避免。

时差：美国自东向西分为六个时区，并采用夏冬双时制，其中洛杉矶、拉斯维加斯、旧金山、西雅图等城市的太平洋时间比北京时间晚16个小时（夏天则为15个小时）。

温度：夏季气温在25—30℃，旧金山、洛杉矶与中国深圳温度相当，拉斯维加斯炎热干燥。

小费：美国服务行业工作人员均以小费为生，按当地习俗，打扫卫生人员可以有1美元小费（自愿）；税：美国各州税率不同，洛杉矶所在的加利福尼亚州和拉斯维加斯所在的内华达州消费税为8%。

（3）没有起床气的不眠之夜

从香港出发的行程，也是美啦啦选择的。她说在去美国迪士尼之前还要到香港的迪士尼乐园再玩儿一次。

"妈妈，美国的迪士尼是世界上最大的吗？"

——"美国有世界上最大的迪士尼，不过我们要去的洛杉矶迪士尼并不是最大的。但是，那是世界上第一个迪士尼，同样很有趣。"

"那世界上最小的迪士尼在哪儿呢？"

——"应该是你三岁的时候去过的香港迪士尼乐园吧。"很多时候，我是她的百科全书；更多的时候，我是借助网络搜索现学现卖。

"哦，那这两个一定很不一样吧！我想好好地对比一下，我们再去一次香港的迪士尼吧！"

——"我不确定时间是不是来得及,看情况吧。"如此理由,我似乎很难拒绝。

"肯定来得及,只要我们从香港出发就行了,提前一天先去迪士尼吧!"

——"噢!"

我想我是根本无法拒绝她缜密周到的安排的,于是,我们的行程就这样被满满地安排下来。

出发的前夜,她把要携带的物件一件件地检查了一次,自己从衣柜里挑好明天要穿的衣服,放在了床头,最后反复叮嘱我,闹钟一定要调好!我知道,她亢奋得不得了。

已经是夜里十一点了,隔壁房间里依然有叽里咕噜的说话声,我悄悄地走到她的房门口,她正睁着双眼,抱着米妮公仔,对着它自言自语:

"你知道吗,我明天就要去找你和你的妈妈了。

你的妈妈和你长得一样吗?

你们家什么样啊?你有自己的房间吗?你和黛西、高菲、普路托是邻居吗?

哦,你妈妈认不认识我呢?我们可是从小一起长大的啊。

……"

——"快睡吧,宝贝,明天可不要有起床气哟!那样,可就要赶不上飞机了。"

看来,今夜注定难眠。

天亮就要出发,闹钟一响,她像弹簧一样立马弹了起来!刷牙、洗脸、换衣服,那么早,她真的没有起床气。

清晨过关,在香港迪士尼玩儿了一整天,卡着时间,傍晚我们奔向机场。

Tips 关于 chick-in

1. 航班的选择。大多数情况下，超过十小时航程的旅行我们会选择直达航班。不仅孩子只消忍受一次飞机起落给耳朵带来的不适，而且能省去转机的麻烦。但直飞航班也有缺点，首先是机票价格一般会比中转航班贵上不少；其次，连续十几个小时坐着不动对腰腿颈肩都是一种折磨，更是对耐性的考验，而中转航班则多少可以利用转机的时间走一走、歇一歇。所以，如何选择还是要根据个人情况来决定。

2. 机票预定。据航空公司规定，凡12岁以下的孩子享受儿童半票优惠，2岁以下的婴儿票只需成人票价的1/10，婴儿出生两周以上才允许乘机。

3. 提前选座。机票预订后可根据电子票号提前在预订机票的航空公司网站选定座位，预办登机手续时最好选择第一排的位子，空间大，孩子可以在前面的地上玩。此预选的座位号可以到机场进行更改。比如：若没有选到前排的大空间座位，则可在换登机牌的时候向工作人员申请换到前排的座位，以减少颠簸和噪声。长程航班通常都会照顾带孩子的妈妈，为她们安排第一排的位子。

4. 预订机上儿童套餐。在网络选座时可选择申请机上儿童套餐，或者至少在航班起飞前24小时预订。按年龄选幼儿餐或儿童餐：

1）幼儿餐：通常指适合3岁以下的孩子食用的套餐，不含能引致肠胃不适的食物或饮品。

2）儿童餐：通常为3~6岁孩子食用，容易识别普遍的食物，不含鱼骨、肉骨、重调味或任何可能会导致窒息的食物。

5. 预订儿童安全座椅。网络选座的同时可申请婴儿摇篮或者机舱幼儿安全座椅，或者至少在航班起飞前24小时预订。

1）婴儿摇篮：主要供0~6个月（其中出生两周以下的婴儿不允许乘坐飞机）婴儿使用，身长在75cm内的婴儿，婴儿摇篮将会挂在前排。

2）机舱幼儿安全座椅：适合半岁~3岁、身高不超过1米、体重不超过20公斤的孩子使用。家长必须坐于机舱幼儿安全座椅的座位旁边，飞行期间，特别需要注意的是安装后至降落前期间不能调低椅背或移除）

6. 行李托运。

1）儿童伞车/推车必须办理行李托运。

2）不同航空公司、不同舱位的行李规定不尽相同，通常为每张成人票或儿童票可免费托运行李2件，每件三边之和（长+阔+高）不超过158cm，单件重量不超过23公斤（婴儿机票可免费托运行李1件，每件三边之和（长+阔+高）不超过115cm，单件行李不超过23公斤）。

3）每人可免费携带1件手提行李及1件额外小型物品登机，手提行李的尺寸需在此范围内：

高度不超过23 cm，宽度不超过36cm，长度不超过56cm。

7. 安检与登机。

1）安检的特别通道。过安检的时候，带孩子的乘客可以走特别通道。

2）二次安检。飞往美国的航班通常需要在临上飞机前进行二次安检，即使在候机区购买的水及饮料亦不得带上飞机。进入机舱后会非常干燥，空乘在起飞一小时内不会提供饮品，建议随身携带一些水果，以备孩子口渴。

3）优先登机。登机时，孩子和随行的家长通常会被安排优先登机。

Chap.2

飞到旧金山

（1）对着星星许了个愿

机舱里的灯已经熄灭了，美啦啦睡不着，左看看右看看，把机上杂志每一页上的图片看了个够之后，她突然好奇地拉开了右侧的遮光板。

"妈妈，窗户外面挂了好多好多明亮的灯！"——"宝贝，那些是星星。"我探过头去，窗外，一整片明亮的星座，根本望不到边际，深深的黑里透着深沉的蓝，星光点点一片斑斓。我和她脸贴脸，透过机身上的玻璃窗一起呆望着天上的星光。凌晨的航班，最让人意外和惊喜的恐怕就是可以观赏到满天的繁星了。

"这就是用来许愿的流星雨吗？"
——好像不是，只是星星，不是流星雨。
"为什么大家总是说要对着流星许愿呢？"
——因为传说流星出现的时候表示着上天正在凝视着我们，这时候更容易听得见我们的心愿。不过，没有流星，我们也可以许愿啊，来，闭上眼睛，许个愿吧！
"嗯——我想去我的迪士尼大学见米妮！"

一直以来，她的最高理想就是去读迪士尼大学。
3岁开始，我渐渐地发现，她对一切与英文有关的事情有着特别的偏好，比如：幼儿园的老师说她特别喜欢上幼儿园里的英文课，外婆说她喜欢叽里呱啦地自言自语，我看到她对英文版的动画片情有独钟……后来，我才知道，她如此热爱英文的最初始的原动力，却

是源于去年我们的一次聊天,我对她说的不经意的那句话,那天我对她说:"学好了英文才可以读大学,才能去迪士尼找米妮哦。"

那天之后,我真正深刻地体会到,原来,生活中只不过是我们闲聊中的一句话,对她的触动竟然会那么大;原来,我们根本就不在意的某句话或者某个行为,却会在她幼小的心里留下重要的印记,成为她为之努力或者行动的方向。

遇到育儿疑问,我通常都会去尝试着寻求科学的解释,这次"度娘"告诉我——"3~4岁的孩子,他们把成人的行为模式看成图谱,并照着这些图谱学习各种行为",没错,她正是这个年龄,她正处在"图谱时代",她的大多数的行为图谱其实都源于我们,我们每天的行为她看在眼里,听在耳中,记在心上,并且还会一一模仿,我们的言行举止会影响她的情绪、意志、行为和性格。也正是在那天之后,我开始严格地审视我们在一起时我的一言一行。

"对了,妈妈,我还一直想问你,为什么许愿的时候要闭眼睛?"
——"闭上眼睛,可以去掉杂念,更加专注。当然,你也可以不闭眼啊。"
她若有所思地又把头转向了窗外的星空。

(2) 出师不利的小高烧

两顿飞机餐分别被安排在起飞后的一小时和抵达前的两小时。没想到,我为她预订的机上儿童餐她压根儿就看不上,她说那些是小婴儿才吃的食物,既然和妈妈一起坐飞机,而且是一个人坐一个座位,就要吃一模一样的食物。

第一顿正餐是她拿着机上菜单自己挑选的:奶香味荞麦小面包、胡萝卜玉米粒沙拉、白米饭、红烧鸡块,显然,她都很中意,不过,哈根达斯冰激凌才是她的最爱。High了一天,填饱肚子之后正好入睡。果然,酣然香甜了几个小时,她睡得很沉很沉。

忽然,"咳——咳——咳",她连续的几声干咳把我从睡眠中唤醒。我的第一反应是机舱可能太干燥、太热了。到后舱接了一大杯水让她喝下,然后把她盖在身上的毛毯揭开。

她继续睡,我也继续睡。

大约过了2小时,我有点儿渴,起身去喝了点儿水,看到她红扑扑的小脸,于是,下意识地顺手去摸了摸她的额头,哎呦!温度好像有点儿高。用随身带的电子体温计"滴滴答答"了一下,37.8℃,竟然有点儿发烧!还好,只是微微发热。

为娘了这些年,我对于孩子的吃喝拉撒以及大大小小病痛的体征已经了如指掌了。从出生到现在,只要不超过38.5℃,我绝不会让她口服退热药,只是鼓励她多喝水,坚持给她物理降温。幸运的是,这个方法一直都很奏效。

除了牛奶,水一直是她的最爱,喝多少她都不会嫌多。又是一大杯水,她大口大口地一股脑就喝完了。喝水,再喝水;降温,再降温!让她把身上穿着的小外套脱了下来。接下来的两三个小时里,她又喝了2次水,尿了3次。

再醒来的时候,天已经蒙蒙亮了。太好了,她的温度已经回落,36.4℃。一切正常!

第二顿用餐,她选了生冷的西式飞机餐,大半碗的土豆泥,很快,她吃了个精光。她还不忘问我:

"妈妈,还有冰激凌吗?"

吃饭于她,就如同她喜欢喝水一样,向来是不用我操心的。从她开始懂得握住勺子开始,我就让她自己坐在宝宝椅上开始尝试着用勺子吃辅食,有粥、有短短的面条,也有软软的土豆泥……我们一直遵从着"想吃就吃,不吃就收走"的原则,从不求她吃,从不逼她吃,基本不喂着吃。有时候,我想,我真的是个懒妈妈,所以她可以解放我!

她用手指滑动着座位前方的显示屏,从一大堆的电影中找出了她最爱的动画片,依然是米老鼠和唐老鸭。节目信号突然中断了,她点了点屏幕,看机外的行驶监控,终于,目的地要到了!她又开始兴奋了起来,十万个为什么立刻启动:

"妈妈,我们这就到了吗?"

——"是的,马上就降落了。"

"真的是坐了十几个小时的飞机吗?我怎么没感觉呢?我就觉得我做了个梦。"

——"是不是在梦里遇见米妮了?"

"我好像见到米妮了,我是不是马上要见到米妮了?"

——"是的,见到米妮,你要说的第一句话是什么?"

"Hello,Minnie,I'm 美啦啦!"

国际长途航班上带孩子

1. 起飞和降落

在飞机起飞和降落的时候，跟孩子说话，让他把口张开，或者让他喝水吞咽，平衡耳内外的气压，减少不适感，避免耳膜受损。这个时候的哭闹是有利于咽鼓管开启的，所以大可不必制止。

2. 正确系好安全带

如同乘车要坐儿童安全座椅一样，乘机的安全带一定要系好。

3. 飞机上的儿童礼包

3～6岁的孩子会获得航空公司准备的儿童游戏礼品包，里面有卡通贴纸、彩笔以及填色画册等。

4. 飞行中的饮食与护理

孩子的饮食时间最好安排在起飞和下降阶段，这样可以保护耳膜。机舱内空气干燥，对于突发的感冒、发烧、咳嗽等症状，不要慌张，多喝水或果汁，及时补充水分，可以在鼻孔内点几滴生理盐水，以免过度干燥引起鼻内疼痛甚至流鼻血。

Chap.1

Chap.2
飞到旧金山

Chap.3

Chap.4

Chap.5

Chap.6

Chap.7

Chap.8

Chap.9

（3）入境：苹果差点儿闯了祸

与香港国际机场相比，旧金山机场实在太小了。

牵着美啦啦的小手，下机还没走多远，我们就到入境查验处了，每个人都需要在机场接受美国移民官及海关官员的检查。入境的通道有两个：美国居民（U.S. Citizens）以及访客（Visitors）。显然，访客的队伍要长得多。拿出护照，还有机上早已填写好的《报关单》排队等候移民局的查验。

排在我们前面一对中年夫妻，江浙一带的口音，盘问他们的是一个胖胖的中年男人，圆圆的脸显得很冷淡，没有太多表情。看起来这对中年夫妻的英文似乎不太纯熟，除了"Hello"之外，接下来 "计划在美国多长时间？住在哪里？……"一连串的问题，他们皱着眉头回答不上来，于是，移民官叫来了一个亚洲面孔的穿着制服的女人，她用并不太标准的普通话和他们开始交流着。又等候了大约10分钟，他们通关了，现在轮到我们了。我微笑着把我们的护照递给了他，他看了看，我们相互问候：

"欢迎来到美国！这是你们第一次来吗？"

——"是的。"

"到这里的目的是什么？"

——"旅行。"

"计划待多长时间？"

——"9天。"

"这是你的孩子吗？"

——"是的，我的女儿"。他示意我在他面前的机器上录入指纹并拍照，仿佛又回到了签证的现场，据说指纹与头像需要与申请签证时留下的一致。

"你叫什么名字？"他对着她问。

——"美啦啦。"她用她的英文名回复他。他看了看护照，皱了皱眉头。

"中文名是什么？"

——"Zhang Meila。"

"祝你们有一个愉快的旅途！"他在护照上盖了个章。不到5分钟的时间，简简单单地就通过第一道关卡。

按着箭头往前走，领取行李。到行李转盘的时候，行李已经先我们到了。自从那次从秘鲁乘机回香港，托运的行李被误送到俄罗斯后，每次出行，我都会把要托运的行李贴上鲜艳的标识，一来降低行李搬运工的失误率，二来也为了便于自己在一堆行李中轻而易举地找到。

果然，绑了橙色行李牌的黑色行李箱很容易识别，美啦啦老远一眼就认了出来，行李箱放到行李车上之后，她对我说了一句："妈妈，过海关真无聊！"然后，便一屁股坐到了行李车上。

我推着行李车和她继续过第二道关卡。这次排队的时间短了很多，没到半小时，就轮到我们了。我把我们的护照和报关单一并递了过去，海关官员一句话都没说，只是在报关单上画了潦草的类似大写字母"A"的图形。一米之外，一个棕色皮肤的男人接过我们的报关单，示意我们需要走最右边的行李通道。右手的信道是行李抽检信道，原来，这个标注着的我们看不清的潦草的符号意味着我们"幸运"地被抽检了。不仅仅是大件行李，还包括随身的大人和孩子的背包，全部要再过一次安检机器。

忽然间，他按下了身旁的红色按钮，向前滚动着的传输带立刻停了下来，他把美啦啦的KITTY小包拿了过去，前前后后地摸了摸，看那样子不太妙，仿佛有个圆滚滚的球在里面，我忽然有了不太好的预感。他告诉我他需要开包再次检查，我点了点头同意了。该不会被人偷偷放入了走私的毒品之类吧，我承认，我已经被各类影片毒害得不轻了。

"女士，有一只苹果。"

——"苹果？"我有点儿丈二和尚摸不着头脑。怎么会有苹果呢？

"妈妈，那是外婆给我的苹果！"美啦啦对我说。想起来了，原来是临行前，外婆放到她背包里的，外婆说带个苹果一路上平平安安的。"非常抱歉，我们忘记吃掉了。这是计划在飞机上给孩子准备的食物。"我一脸的诚恳，他一脸的沉默，"还没吃完，飞机就降落了，很抱歉。""那么，没收！"他严肃地看着我，紧接着摇了摇头。

——"好的。"他把苹果投入边上的一个塑料筐中，把美啦啦的背包还给了她。

"再次抱歉，非常感谢。"

"祝你们好运！"拉上背包的拉链，提着行李，通关完成！

要知道，包括肉松、香肠在内的鱼类和肉类制品以及新鲜农产品（水果、整株的植物、植物种子等）都是违禁物品。我分明记得的，怎么就忘记了这只苹果呢？外婆的平平安安的苹果啊，险些闯祸了。还好，只是一场虚惊。

美国，我们来了！

Tips 国际长途航班上带孩子

1. 下机入境注意事项

飞机降落前,空乘会给乘客发送报关单(Customs Declaration),每个家庭填写一份即可,但需过关前完整地据实填写完毕。移民官负责查问旅客赴美的身份资格,检查是否有合法的入境签证;海关官员负责检查携带入境的行李,查看是否有违禁品。海关出入境区域,全程不得打电话、拍照及摄像。

美国入境禁止携带物品包括:

1)携带1万美元或以上等值货币的,须在美国海关申报表上如实填写,否则会被扣留。

2)各种肉类、未加工皮革或动物毛皮,不得入境。

3)不得携带任何种类的鲜果、蔬菜、草木、种子或动植物产品入境,还包括:药酒、燕窝、紫糯米、花生、奶制品和罐头食品。

4)中药类产品必须是无寄生类植物。珍贵的中药材如蛇胆、豹骨、虎皮、鹿茸等属于保育类动物,严禁携入美国,寄生类植物如菟丝子、石斛等也禁止携入,含可卡因类禁止,作为中药的陈皮也在禁止之列。

2. 行李箱损坏了怎么办?

提取行李时若发现托运的行李箱损坏,需及时申请赔偿并填写行李破损报告,根据国际航空协会规定:应于损害发生七日内以书面向运送人提出申诉,否则事后还需要另外填写一份报告书解释为何没有立刻发现行李毁损。可在行李转盘处或航空公司在机场内专设的柜台处理。航空公司会安排专人修理行李,或由旅客自行送修,再将收据寄回航空公司,等待理赔;若毁损到完全无法修理,航空公司通常的理赔方式有两种:

1)实物赔偿:理赔一只新皮箱;

2)现金补偿:通常按照行李购买的年份,以10%为年折旧率换算现金赔偿。

最好的方法是在出发时行李托运前用手机随手拍下行李图片,记录下行李箱的特征、颜色及尺寸。

3. 行李遗失了怎么办？

　　托运的行李通常在行李转盘上拿取，避免被误拿、错拿，行李箱上添加标记或者挂上行李牌，并清晰地写上英文名字、联络电话以及邮箱地址。以便航空公司或者其他行人发现后及时送回；若发现行李丢失，可及时向行李提取处寻求帮助，拿着行李牌及机票到机场"失物招领办公室"（LostFound）报遗失，办理挂失手续，填写"行李意外报告"，包括：飞行始发地、目的地、携带行李数量、行李内的主要物品等，并会拿各式尺寸颜色的行李箱图片，确定相似款式后会被录入电脑，通过航空公司网络数据找出行李遗失处的站名。

　　通常，国际航程中，若托运行李丢失，在尚未找到乘客行李期间，航空公司会先给乘客一定金额的补偿金，用于购买日常用品，超过21天若未找回，根据"终站赔偿法则" 由搭乘终站的航空公司负责理赔。有的是20元美元/天的赔偿，也有的按照一次性支付赔偿金100~150美元，具体金额可协商。对于丢失了的行李的赔偿的额度，根据国际航空协会规定：托运行李的赔偿限额约每公斤20美元，随身行李之赔偿限额为每位旅客400美元。但需要经过从21天至45天不等时长的认证。

Chap.1

Chap.2
飞到旧金山

Chap.3

Chap.4

Chap.5

Chap.6

Chap.7

Chap.8

Chap.9

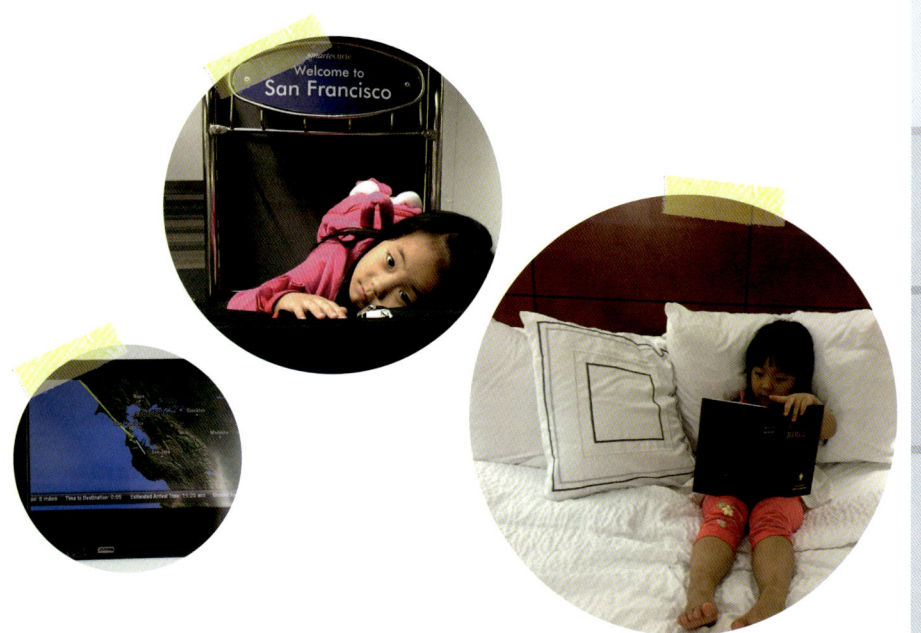

Chap.3

旧金山

不管你是成人还是孩子
不管你醉心于芭蕾还是偏爱滑板
到了这里
自然可以找到你要的乐趣。

Tips

旧金山（San Francisco）

圣弗朗西斯科又称旧金山，1847年墨西哥人以西班牙文命名，当时的居民不过800人。原本只是西班牙的一个殖民据点，后来墨西哥接管，美墨战争之际终为美军所占。一个多世纪前，一名木匠在推动水车的河流中发现了许多黄金，消息不胫而走，引发了全世界的加州淘金热，想实现淘金梦的人络绎不绝、不顾一切地涌入旧金山港口，市区的人口一夜之间暴涨，旧金山成为当时美国密西西比河以西最大的城市。

1906年旧金山发生了8级大地震，煤气管爆裂引发火灾，整个城市成了火海，80千米外依然冲天的浓烟。大火整整烧了3天，旧金山成了一片废墟。但是，不到六年的时间，旧金山却如浴火凤凰般重新建成了一座更新、更现代化的城市。

气候：旧金山半岛三面环水，气候冬暖夏凉、阳光充足，典型的凉夏型地中海式气候，即使夏天的日间高温通常也只有20℃左右，下半夜和早上多受雾的影响，但夏季降雨极少，雨季为1~4月。

（1）斯坦福大学：真的比我的幼儿园大很多

因为一段伤感的故事和一对父母的爱，却成就了世界上一座伟大的学府。

出了机场，我们乘坐的车很快就上高速了。

天空很蓝，天气晴朗，气温26℃，温度正好，不冷不热。据说昨天之前，还连续下了三天的雨。

"困吗？"

——"不困。我们现在去哪儿？"她趴在窗口看着窗外，似乎没有一丝倦意。

"想歇会儿，还是去玩儿？"

——"当然去玩儿喽！"

　　如此看来，我需要临时做个决策了！既然从机场到酒店，硅谷和斯坦福大学是必经之路，与其待到明日南辕北辙，不如顺路游玩儿。那就马上开始游览斯坦福大学吧——于是，我果断地更改了行程！

　　根本顾不得放下行李，我们便飞奔斯坦福了。在美国之行，就这样正式开始了！

　　斯坦福的由来，听起来实在有些让人悲伤。因为一段伤感的故事和一对父母的爱，却成就了世界上一座伟大的学府。

　　1884年，加州铁路大王、加州州长的儿子小斯坦福十六岁生日前夕在欧洲旅行时，感染了伤寒不幸病逝，悲痛的斯坦福夫妇返回美国后，决定将他们2 000万美元的积蓄和他在帕拉托的3 561公顷的土地用来创建一所宏伟的大学，并以他们的儿子命名。老斯坦福曾告诉他的妻子："以后所有加利福尼亚的小孩都是我们的孩子。"1891年10月1日，斯坦福大学举行开学典礼，当时纽约的报纸曾预言没有人会到蛮荒之地的西部上这所大学："教授们将在大理石教室里，面对空板凳讲课。"但大学揭幕之日，意想不到的车水马龙，第一届男女学生共559人，其中三分之二来自加州以外。

　　之后的百余年里，不但美国硅谷因他而生，斯坦福大学亦成为了美国最

著名的私立大学,并被公认为是世界上最杰出的大学之一。

松鼠在等我们

车从硅谷经过,远远地看到了印有大大的"甲骨文"Logo 的大厦,继续前行,穿过一座桥洞之后,越来越近了。带有院子和花园的独栋的 House 整齐地排布在路的两边,每一栋房子的价格大多在 150 万~300 万美元,让我们眼前一亮,据说,这是当地最好的住区之一,而且,学位及配套亦在加州数一数二。

去斯坦福大学的出口快到了。我们下车走了走,看了看地图和路牌,距离主校区竟然还有一大段路呢!噢,这里有校园穿梭巴士。等了大约5分钟,红色的巴士到了,我拉着她,走入车厢坐了下来。

"妈妈,我们没有投币付钱吗?"

——"FREE",我指着车身上的英文对她说,"FREE,就是免费的意思。"在斯坦福,每天无数次的校园巴士,学生、老师或者游人都可以任意免费乘坐,校园里到处都是骑着自行车、穿着溜冰鞋或者滑着滑板的人。直到现在,人们还把斯坦福称为"农场",因为,3 561公顷的校园,实在太大了。

　　一个大大的十字路口之后，紧接着是一条长长的林荫大道，至少有两三公里，路的两旁茂盛的棕榈树很高，一棵接着一棵紧密排布。实在抵挡不住这样的美景，我们下了车，在大树下漫步。

　　厚厚的落叶、树枝、树皮，一个个峰塔般的松果静静地躺在树根的周围，一片静谧。

　　"妈妈，有一只毛茸茸的小动物在我脚下穿了过去，跑得很快，'嗖'的一声，又没了！"

　　——"我也看到了，好像是松鼠。"

　　"松鼠？她是在这里等我们吗？她怎么知道我到这里来了呢？"

　　——"我们去问问她吧！"

　　"又跑来了一只，不，前面有好多只！他们正在看着我。"一米之外，几只浅棕色的松鼠趴在树脚下的松果上直愣愣地望着我们，半个身子弯曲着，前肢蜷起晒着太阳，不一会儿，它们有的上树，有的在树下跑来跑去，可能在觅食；还有的干脆半闭着眼睛一动不动……一路上，树脚下，大大小小的洞洞，估计就是他们的工作成果。

　　——"松鼠，松鼠，你是在等我们吗？"还没等松鼠回答，她又发出了新的邀约，"我们一起合影吧！"结果，松鼠们却"嗖嗖嗖"地跑了！

　　她有点儿失落地站了一会儿，拾起一根树枝和几片树叶抛向了空中之后，怀里抱满了一堆大大的已经被晒干了的松果。

　　林荫大道的尽头，是一个巨大的椭圆形草坪，不同肤色的人们或坐或躺，在这儿或看书或者晒太阳。她跑了过去，在草坪上打了个滚儿。草儿绿油油、整齐柔软。椭圆形草坪正前是一排黄墙红瓦的建筑，红色的屋顶，浅黄的砂岩石墙，拱廊相接，棕榈成行，古典与现代的交映中充满了浓浓的文化和艺术气息。一楼是一排圆柱拱廊，好像好莱坞老电影里几世纪前西班牙的修道院。这便是斯坦福大学的主教学区。据说，主教学区始建于1887年，由美国当时最著名的建筑师 Henry Richardson 主持设计，他创立了理查德森仿罗曼建筑风格，以圆柱低拱廊，巨型中柱，厚实立墙以及大覆盖面屋顶而著称。

透过拱廊，随意按下的每一个快门都是一幅美丽的风景明信片。拱廊的地面很别致，中间的地砖上镌刻着连续的数字，原来，斯坦福大学的每一届毕业生都会将最值得纪念的物品埋在 Main Quad 的拱门走廊的地板下，门廊下这一块块菱形的地砖上印着阿拉伯数字对应着他们的年代。

若干年以后，他们会随着记忆中的数字来寻宝吗？

罗丹的展品，她的解说

"很少有一所大学能拥有这么大的博物馆，斯坦福大学却做到了。"斯坦福博物馆的颜值历来很高，"它不仅仅是一个普通的由大学设立、管理的博物馆，它更是旧金山地区的艺术殿堂之一。"冲着这样极高的评价，我们是一定要去认真看一看的。

对于各类展览馆或者各式各样的展览，她一直是喜爱的。

她曾经对着一幅画，在画儿前驻留了十余分钟还不愿意离去。我一直以为，用"看"来形容或者描述她对于画儿的态度是不贴切的，我想，应该用"感受"才够准确。

她喜欢的画儿通常都是我读不明白的抽象的画，就比如她自己画的画儿：寥寥几笔，不过是多色的配搭，她竟可以看图说话说出一连串的故事，而且还是连续剧。有时候，我甚至想，她以后的职业会不会成为电视剧的编剧呢？比如，她画的那幅插了花的花瓶，她配的故事是：小虾穿上衣服游到花瓶里去找妈妈，她的妈妈在和她捉迷藏过家家，所以她的妈妈变成了花瓶里的花儿，小虾找不到妈妈，也变成了花儿……

经过椭圆形的大草坪，往右，穿过一片小树林，就是著名

的斯坦福博物馆了。依然是浅浅的土黄色。门的两侧各有一个坐着的雕塑，石阶之上，4根大大的立柱，穿过浅门便是大堂了。一楼大堂的右侧立着一匹真实的风干了的马的标本。

"妈妈，马跑到这里来做什么？"

——"用来展览。"

"为什么只是展览马的骨头，不展览马的肉呢？"

——"这是马的标本，已经没有肉了。"

……

每天，我都要回答很多诸如此类她感兴趣的问题，有些我知道，有些我不知道。

弧形的半旋转的楼梯左右对开，博物馆的两头是展厅。有画，有雕塑。

她一幅画一幅画地感受着，她拉着我去看她感兴趣的图画，一个个地讲解给我听，她说的，有些我明白，有些我不明白。

蜡像看完了，她顺道模仿一下，她还想伸手去摸，被我阻止了。

雕塑的展厅很大，放眼望去，室内展示几乎全部是罗丹的雕塑作品，尽管艺术博物馆收藏着来自世界各地不同时期的杰作，但是在罗丹耀眼艺术光芒之下，其他的艺术作品显得平淡了许多。

散落在屋外的其他雕塑共同组成了斯坦福大学的罗丹雕塑花园。罗丹最著名的《地狱之门》屹立在馆内，当然，这不是他的真迹原作，真迹在法国。源于但丁的《神曲》灵感的《地狱之门》，是罗丹未完成的心愿，有雄健的躯体，也有柔美的裸身，186个分别为情欲、恐惧、理想而不断争斗、折磨自己的形象，为了表现那些运动中的生命，他耗费了20年的光阴，直到生命的终结亦未完成，他把毕生的精力投入到这个直至他

辞世时仍未完成的作品。

在铜质的《地狱之门》前面，她来来回回地踱步。

"妈妈，这个雕塑好复杂啊，有名字吗？"

——"地狱之门。"

"门上怎么会有这么多的人？他们都很痛苦的样子，是因为要下地狱上不了天堂吗？为什么他们不能上天堂呢……"

罗丹作品的原型大多源自地狱之门上的雕塑，他让这些人物成为独立的作品，包括著名的《思想者》。《思想者》的形象位于地狱之门横楣的正上方，右手肘支撑在左腿上，目光俯视着充满着人间罪恶的大门，所有的线条栩栩如生地表达了思想者矛盾的内心。

看完《思想者》，她问我："妈妈，他把右手撑在左腿上，是在想问题吗？是不是想不出答案？或者是和他的妈妈想法不一致？"

所有的雕塑，她也是一个个地看着，她不知道罗丹是谁，也不知道罗丹的作品是哪一个。但是，她却又似乎隐隐能感受到罗丹想要表达的情感。

孩子懵懂的想象力和理解力，也许，更能读懂艺术与生活。

无关对错，支持她，鼓励她，才是我要一直努力的方向。

斯坦福大学艺术博物馆（Cantor Arts Center at Stanford University）位于椭圆草坪西侧，无论是对校内的学生或者其他游客，完全免费。和其他许多博物馆一样，斯坦福大学艺术博物馆曾经一度因为地震和资金短缺等原因数次关闭，随着社会对艺术和教育的关注度不断增加，越来越多的斯坦福校友的不菲的捐赠，如今斯坦福大学艺术博物馆已经成为全世界最著名的大学博物馆之一。展厅分布着亚洲、欧洲、非洲、美洲的藏品，古代、现代的藏品；也收藏了不少中国古代的玉器、佛像、唐三彩等。其中，展品以法国雕塑大师罗丹（Auguste Rodin）的作品为主，这个大学博物馆的收藏是巴黎罗丹博物馆之外数量最丰的罗丹陈列品，罗丹收藏品二百余个，位居世界第二，都是已故的纽约富豪慈善家 B. Gerald Cantor 捐赠的。著名的思想者就有一座在这座博物馆内。罗丹雕塑园苑里陈列着罗丹的《地狱之门》及其他铜质雕塑，博物馆一楼进门迎面是罗丹最著名的雕塑《思想者》。

胡佛塔：戴了红帽子的路标

"妈妈，这里太大了，真的，比我的幼儿园要大多了！"走过椭圆形的草坪之后，她自己发出了感叹。

——"喜欢这里吗？"

"喜欢，像公园一样。可是，那么大，我们会不会迷路啊？万一，万一，我走丢了怎么办？"

——"不用担心，抬头看到前方那座高高的红顶塔楼了吗？"

"是左边那个吗？它好像戴了一顶红色的帽子。"

——"是的，那是斯坦福校园里最高的建筑，如果迷路了，你就朝着它走去，我们在塔下汇合，妈妈会在塔下面等你。"

"嗯，要是我找不到你了，我也在塔下面等你。"

在斯坦福，校园里任何一个角落，只要抬起头来，一定能看到这个红瓦塔顶，它就是传说中的 Hoover Tower 胡佛纪念塔——斯坦福大学的地标性建筑。这座高约87米（285英尺）的 Hoover Tower 是整个校园的制高点，如果是步行，为了避免迷失方向，用它来做参照物是百无一失的。

胡佛塔的由来与胡佛有关，斯坦福大学于1891年10月1日正式开课，在第一批465人的学生中便出现了一位美国总统——第31届总统赫伯特·胡佛（Herbert Clark Hoover）（1929-1933），他的妻子卢·亨利·胡佛（Lou Henry Hoover）也在其中，在校庆五十周年的时候，胡佛捐助修建了这座胡佛塔。此后，胡佛夫妻一生中均与斯坦福大学有着紧密的联系。斯坦福的胡佛研究所图书档案馆亦由胡佛于1920年成立。他在1928年正式获选为总统之前，一直负责美国在欧洲的一战战后救援工作并致力于"建立一座关于战争、革命与和平的图书馆"。胡佛最主要的目标是收集当代历史的文档记录，他和他的助手经常冒着生命危险到敌国拯救及修复稀有文件。胡佛塔塔底藏有胡佛研究所图书档案馆的众多资料与文献，收藏着160万20世纪至21世纪的社会、政治和经济资料，罗莎·卢森堡的论文、戈培尔的日记、俄国秘密警察在巴黎的记录，就连蒋介石日记也藏于其中。至今，它已成为斯坦福大学不可或缺的一部分。据说，自塔建成之后便有了一条不成文的规定，校园里所有的建筑高度不得超过它，35平方千米的校园里唯有胡佛塔傲对碧空，或许这亦表达着斯坦福人对于胡佛的敬意。塔底，左右两侧的展厅里陈列着关于胡佛总统的物品以及关于生平的记录。

"妈妈，我们可以上去吗？"
——"当然，胡佛塔的塔顶是俯瞰斯坦福大学全景最好的地方。我们乘电梯登顶。"

"我记得在西安的大雁塔,我们需要自己爬上去啊?塔里还能装电梯吗?"

——"当然,它就像我们居住的房子一样。"

电梯慢悠悠地上升,很小,每次容纳人数估计还不到 10 人。到顶了,电梯门缓缓打开,一座大大的钟琴扑面而来,最先映入眼帘。钟琴看上去已有不少年头了,被透明的玻璃围合着放在顶楼的正中间,本来就不大的塔顶由于钟琴占据了大半的空间显得更加的狭窄了。钟琴重约 2.5 吨,铸于比利时和荷兰,是美国教育基金会的一份礼物。塔在节庆时会响起钟声,并奏出极其美妙的音乐。我把她抱了起来,让她透过石柱的间隙,从塔顶俯视:

"你看到了什么?"

——"一大片的房子,都是黄色的墙,红色的屋顶,还有一大片绿色的草地。"

"妈妈,还记得我刚才和你说的吗?这里,真的很大,比我们的幼儿园还大很多呢!"她绕着钟琴走了一圈,又绕着钟琴之外走了一圈。"可是,我发现,怎么前后左右都长得那么相像呢?"我跟在她的身后,鸟瞰,原来,这就是斯坦福的中轴线!

塔外,对称的布局,透露着神圣和庄严,美极了的十七世纪西班牙传道堂式风格建筑让人不忍离去;塔内,肃穆的钟琴,见证着每一天来自不同地区的人们,只是,这一次,我们没有机会聆听它的美妙。

蜂行国际(Bee's Home)
指纹般的定制，只为你的到来

你说：像一场美美的梦。

梦里，精彩纷呈；醒来时，回味无穷！

我说：只盼下次入梦，还是那人，那山，那水，那家的感觉！

我就在这里不来不去

指纹般的定制，只为你的到来

蜂行国际(Bee's Home)是位于洛杉矶的专注美国私人定制旅游服务机构，您的每一个要求，我们都帮您超值实现！

· 全程私人订制

· 全程无缝护航

· 全程管家服务

· 全程专业双语导服

Bee's Home已做好了一万分的准备，从您踏进美国的那一刻，直到您踏上回国的航班，让您真正享受10年美国签证，实现说走就走的旅行。

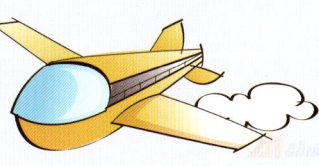

1. 美国深度私人定制旅游

所有的行程路线，全部独家定制！如同指纹一般，让您享受自由度最高、绝不雷同的超值独家定制旅游！

· **只属于您的专属美西之旅：**

您了解的不了解的，只要是您感兴趣的，我们都会努力为您服务到位，绝对不让您多花一分冤枉钱。

· **独特的丰富行程只为您的喜好：**

如直升机航拍美丽壮观的科罗拉多大峡谷，悬空桥感受独占鳌头一览众山小的壮阔情怀，亦或是优胜美地山林中，瀑布下，和大自然来一次暧昧的邂逅。

· **全程导陪自驾：**

没有在美西广阔的大地上自由驰骋过的人，永远也感受不到那种孤寂，那种天当被来地当床的自在惬意。不论是海边的一号公路，还是沙漠中开进一座城的拉斯维加斯，都会让您不虚此行！

· **安全便捷的保障：**

拥有美国绿卡或公民身份、中英双语流利的导游，安全放心！不论是唐人街的美食,还是大都市的观光,都能为您全程翻译,提供帮助,解决问题。自驾或者组团,大巴或者敞篷越野车,因您而生。同车百万美金保险,车载wifi,全程无忧,无限3g流量,全美通用,无限畅打。

2. 美国VIP精品散拼团

想出国旅游却苦于找不到同行的志同道合的朋友,不用担心,我们的VIP精品散拼就是最合适的选择。根据不同的VIP行程我们将设定人数上限,即使散拼团里,也能感受到私人订制旅游才有的深度和精致的行程安排 。只为您提供最深度、最超值、最舒适的美国之旅服务!

3. 蜂行国际(Bee's Home)的特色旅程

1)"99美元游美国"的房车之旅

想去拉斯维加斯赌博看秀,想去黄石公园的深山老林里跟牦牛say hi,只要你能说简单的英文,只要你驾驶熟练,最低只要99美元/天的价格,蜂行国际就能让你开上大号的房车,带着全套的生活用品,冰箱满满的食物,畅游美国西部,感受不一样的美国之旅!

定制房车之旅,同时还可享有:

· 免费入住洛杉矶 "蜂行之家"别墅
· 开上大大的商务车体验美国人的狂野!
· 蜂行国际推荐6人成团,如果自己开车不熟练或是英语不过关,也可以给您配一位资深导游全程陪同!

2)纳帕溪谷双之旅

纳帕,世界新兴葡萄酒基地,世界葡萄酒爱好者的天堂,世界热气球10大目的地之一,是来到美国的不可不到的地方。早晨随着太阳的升起搭乘热气球起飞,俯瞰整个纳帕山谷的地貌和无数的葡萄园,这将是独一无二的旅游体验。"古堡酒庄"之旅+热气球之旅,品尝纳帕中世纪城堡下埋藏了珍贵的葡萄酒,夺宝奇兵一般的经历将会使你永远难忘。

3)墨西哥游轮之旅

从洛杉矶出发,绕道太平洋,乘坐这"泰坦尼克号"级别的大游轮,途径"卡特玲娜岛",最终抵达墨西哥的海湾,感受古老印第安人的文化,到邻居墨西哥做客。

 **关于胡佛塔**

胡佛塔的建造受到了萨拉曼卡天主大教堂的影响。1941年斯坦福创校50周年之际,胡佛塔完工,塔底大堂左右两侧设有专门的展室展示着关于胡佛夫妇的画像及展品用于介绍胡佛总统的生平及业绩,展厅不可拍照摄影。

登塔:访客只能到塔顶平台观景。塔的九层以下用于藏书,10—12楼为办公室。著名的苏联诺贝尔文学奖得主亚历山大·伊萨耶维奇·索尔仁尼琴(Aleksandr Solzhenitsyn)曾住在11楼,所以,电梯的楼层按钮只能由电梯里专门的工作人员来控制。为了保护胡佛塔,每次登顶以及乘坐电梯的人数是有限制的,塔顶的观景平台上最多不能同时超过20人,所以需要耐心等候。

费用:在胡佛塔的大堂设有售票处,登塔需购票,其中:成人3.00美元/人,65岁以上老人和12岁以下的儿童2.00美元/人;10人以上的团体票价为2.00美元/人,所有的孩子8岁以下必须由成人陪伴;斯坦福大学的学生,教师和工作人员可以免费携带最多5人上塔参观。

开放时间:每天10:00~16:00。

婴儿车及双肩背包不可携带登塔,塔内没有专门的行李寄存处,可将贵重物品随身携带后直接把行李放在胡佛塔大厅内,虽然没有专人看管,但通常亦很安全。

斯坦福大学又叫小利兰斯坦福大学(Leland Stanford Junior University),位于旧金山和硅谷中心圣何塞之间,加利福尼亚州的帕罗奥图(Palo Alto),与旧金山相邻,占地35平方千米,是一所四年制私立大学,被视作"西岸的哈佛大学"。2012年,斯坦福大学在美国大学排名第5,根据美国《福布斯》杂志2010年盘点的美国培养亿万富翁最多的大学,斯坦福大学名列第2,亿万富翁数量达到28位,仅次于哈佛大学。斯坦福大学是诺贝尔奖得主最多的前十所世界名校之一。

1824年,老斯坦福出生在一个富裕的农场主家庭,1861年担任加州州长;1863年他和夫人珍妮建立了中央太平洋铁路公司,斯坦福担任总裁。1876

年，老斯坦福在加州购买了263公顷土地，作为养马牧场，后来又扩大到3 237公顷，成为今天斯坦福大学校园的地盘；在斯坦福大学的徽标以及体育运动标志中就有红杉的形象。大学校园充满着红顶黄墙的西班牙式的建筑风格，设计出自纽约中央公园的设计师之手。斯坦福大学教职员可享有特别的住宿待遇。他们可于离校园只有步行距离或能以自行车方式达到的"教师区"内居住，而这些土地建筑均为斯坦福资产。大学所有一年级生均需留校住宿，有89%的本科生获分配校园内的宿位，有趣的是，校方为这些住宿学生提供了80种特色住宿房屋及住宿形式，包括：宿舍、合作社、联排式住宅、兄弟和姊妹会等。

到了园区，可以到Visitor Center去要张地图。以棕榈大道为中轴线，大学的西北区为医学院和斯坦福购物中心，西边为斯坦福的工程院，西南面是带有金钱象征的高尔夫球场，马球场，以及聚集了全美国1/3风险投资的商业办公区域。南面是斯坦福大学的徒步休闲区和本科生宿舍区，东南边是环境优美的以大学教师员工为主的居民区，大学的东边为大学的行政办公区和研究生宿舍区，东北面是能够举办世界级比赛的体育中心，世界女子网球巡回赛WTA（Women's

Tennis Association）的西部银行赛就是在斯坦福大学的网球中心举办。北边是名人聚集的小镇Paloalto的市中心，Facebook就诞生于这里一幢不起眼的小楼房中。斯坦福大学1300多位教授中，有10位诺贝尔奖得主，5位普利策奖得主，142位美国艺术科学院院士，84位国家科学院院士和14位国家科学奖得主。商学，法学，医学这三个学科在美国高等教育界具有举足轻重的地位。斯坦福大学的工科整体实力位居世界第二；在工科声誉的评价中，斯坦福大学位列世界第三。无数世界政要和商业寡头的子女在此就读。斯坦福大学奠基并创建了著名的硅谷，斯坦福大学的毕业生们创造了世界众多一流企业，包括HP，Cisco，EBay，Electronic Art，Gap，Google，Nike，Sun，Yahoo，以及数以百计的美国知名上市公司。

硅谷的诞生和斯坦福大学的发展有着直接的联系。"二战"后一度还受经济危机而几乎关闭，于是，斯坦福大学将其校园的一部分开辟为工业园以吸引高科技人才来此创业，鼓励大学教授和学生进入工业园创业，并引入风险投资帮助创业者解决资金问题。斯坦福工业园的成功开创了大学工业科技园的时代，目前世界许多大学的科技园都效仿它而建立。

（2）着火了，怎么没有消防车

倒了个时差，吃了个早餐，我们一心只为奔向美丽的17里湾（17 Miles）。旧金山到17里湾还有一大段车程，一路上，她自个儿趴着看窗外的风景。

车里的音乐动感十足，车外的阳光实在灼人。开始的风景并不那么美，一路上的山丘已被仲夏猛烈的阳光炙烤得有些焦黄。

"妈妈，看前面，好多直升机啊！"我顺着她的手指的方向望去，确实，远远地，可以看到一架接着一架的直升机起起落落。龟速行驶了不到200米之后，便开始塞车了。我们的车随着车河里的车子们一起动弹不得了。

"FIRE！"我打开车窗，把头探出去张望，隔壁车道的车里传出了声音。

"噢，我看到有冒烟了！！"她的眼力总是很好。

——"是着火了！"原来是前面的山火正在蔓延，火灾据说是持续高温造成的草坪自燃。

"妈妈，怎么没有云梯消防车来救火呢？我们学校里每年都有火灾救命模拟表演，都是用的消防车。——如果遇到火灾了，我们应该怎么办呢？"

"把毛巾用水淋湿捂着鼻子和嘴，弯着腰，趴在地面上爬到屋外去。要是出不去，就要用湿布堵住门缝儿，然后打开窗户，大声呼救，让消防员叔叔登上云梯来把我抱出去。"她说得七分对，之后嘟嘟囔囔地自言自语："老师说了，我们要注意安全，避免遇到火灾。但是，现在还是遇到了。这怎么能避免嘛。"

——"天灾人祸，遇到就要注意安全。"

"我们这个距离，安全吗？"

——"嗯，按理说是安全的。再说了有消防员叔叔。"

"可是我没见到，还有，为什么还是没有云梯消防车呢？"

——"有消防直升机啊！飞机能更加快速地飞到现场。"

"可是飞机怎么灭火呢？"

——"看到最近的这架飞机了吗，它的下面挂着什么？"

"好大好大的水桶啊！"

——"对于直升机来说，吊桶洒水是它的灭火绝招，吊桶底座可是有放水阀开关的。"几架吊着硕大的水桶的直升机，慢慢降低速度和高度。之后，像瀑布似的水就从空中倾洒而下，不一会儿，火线上的火光被浇灭了，烟雾渐渐散去。

整个过程还不到十分钟,她却意外地收获了一笔难得的财富,要知道,直升机扑火的现场演示可不是谁都有机会见识的!

(3) 1号公路里的17里湾

"它犹如一颗璀璨耀眼的蓝宝石,上帝把它不经意地遗失在美国最美的1号公路上。"有人说,只有从踏上1号公路的那一刻起,你才能开始真正地丈量大地,洞悉生命。是的,唯有亲自踏上,才能真实地感受,即使,对于那么小的她,也如此!

上1号公路了!我们越来越接近地球上陆地和海洋接触得最美丽的览胜角度了。与刚才连绵的发黄的山丘截然不同,公路开始蜿蜒起来,碧绿起来,每转一个弯,景致都不尽相同,如果回头观望,又是另一番景象,"一条临海道,处处是天堂"。

28 年才修好的古堡

"妈妈,有城堡!不知道白雪公主住不住在里面。"

故事中的城堡般的古堡在沿途的树林里若隐若现,那栋最显赫的就是大名鼎鼎的赫氏古堡了(Hearst Castle)。据说这座西班牙式的豪宅是美国唯一的古堡,也是美国第二大的私人住宅,1919 年开始规划建设,足足耗费了 28 个年头,里面陈列了主人在世界各地搜集的几千件艺术珍品,整个城堡就是一座历史和艺术博物馆。古堡是美国媒体出版业大亨威廉·赫斯特(William Randolph Hearst)的家宅,他曾经拥有 26 家报社、13 家杂志、8 家电台和两个电影制片公司,20 世纪 20 年代,在美国每四家报社就有一家属于他。每天,他就在这里批阅着由他的私人飞机送来的报纸清样,用电话电报遥控着他的报业帝国,其他时间则全部用在这座城堡身上,城堡几乎花费了赫斯特一生的心血。他去世后,他的子女们将古堡捐献给了加州政府。

树林里的大 House 仿佛天然就生长在这片土地上,绝没有一栋看似雷同,他们说为了保护自然美景,政府严格限制了这里的地产开发,所以每一座见到的别墅都是设计师们耗费脑子做出来的极品,价格自然不菲,200万美元以下的基本找不到。

——"公主到迪士尼去了,咱们去17里湾吧!"

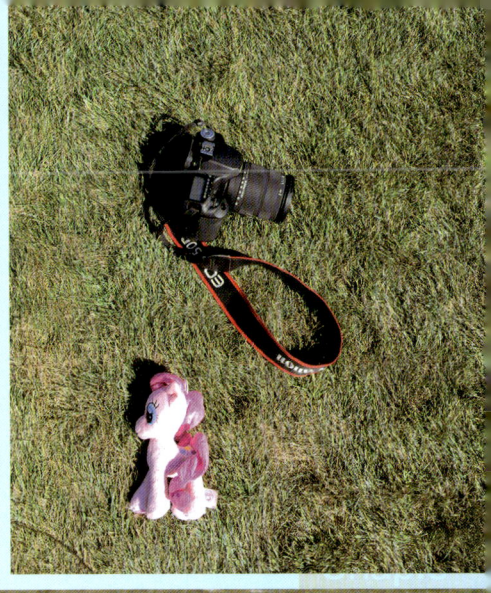

Tips

关于赫氏古堡（Hearst Castle）

1. 赫斯特城堡坐落山顶，可在山下游客接待中心乘坐统一的游览车，游览车间隔一定时间发一班车，一车游客为一组，配有专门导游。门票每人25美元，12岁以下儿童半价。

2. 进入城堡的主厅，就仿佛走进了皇宫贵族的会客厅，堪比皇家，内墙两侧高悬着的两排欧洲贵族旗帜很是耀眼，似乎在叙说着往日的荣耀；迷宫般的主楼里面共包括38间卧室和41间洗浴间，如此大面积的历史建筑在整个美国都是罕见的。主楼外的广场，从这里可以一览无遗地俯瞰整个赫氏王国——广袤起伏的牧场、郁郁葱葱的树林、蜿蜒曲折的山道及多达127英亩的巨大花园，还有不远处那浩瀚无边的大海。典型的古希腊风格的椭圆形海神泳池（Neptune Pool），是整个城堡的点睛之处，主楼后侧的罗马室内泳池（Roman Pool）则整个城堡的瑰宝，池底是熔入了真金的马赛克铺成的动物图案，池岸则用纯金镶嵌，瓦蓝的池壁配着金色图案的池顶。看到了赫斯特往日的荣耀。

松鼠看她生吃海带

天空与海洋，草地与峭壁，沿着海边的悬崖不断的上坡和下坡，或者转弯，有时候根本看不见前面的路，好像要直接冲到海里去一样。太平洋显得更加没有边际了，一排一排的浪花被海潮推向岸边，远处的黑色礁石，错落有致地点缀在惊涛骇浪之中，一株株叫不上名字的花成片成片地艳丽地绽放在岸边，隔一段就有一片细腻的沙滩，雪白雪白的。

岸边的礁石上有很多动物和植物。老远就能望见那棵挺拔的深深地插入海中的礁石缝里树，优雅地立着，她似乎正眺望着海的那一边，原来这就是17英里海滩的地标：象征着加州的"孤独的橡树（The Lonely Cypress）"。据说，她傲然挺立在海边石崖上比美国历史时间还要长,树的形象已被当地注册为商标,任何个人不能用于商业目的。

远处礁石上黑压压的一片,不时传出呜呜呀呀的声音,那是密密麻麻的海豹和海狮在晒太阳,不知道多少数量,反正我和她是没法数清楚了。海鸟飞上飞下,或者停下来,站在礁石上左顾右盼;或者有一些干脆就飞到了游人的肩头不走了。

海鸟、海豹、海狮,多得数不清……或许,它们从来就是17里湾最重要的公民。

"我要到沙滩上去。"话音刚落,她已经脱好了鞋,一下子冲向沙滩了。
——"在岸边的沙滩上就行,别到海里边去,你可还没学会游泳啊。"我叮嘱着她。

她把脚丫子使劲儿地踩到沙子里,后退几步,等着海浪冲,看着脚印儿被海水冲平之后,得意笑了笑,然后又重复地踩下脚印;几个回合之后,她抓起一大把沙子捏了又捏,远远地抛向海里。"又看到松鼠了!"一只大大的松鼠从礁石边上的洞穴里站了起来。"这次她没跑。"

松鼠在她的身边一动也不动,她慢慢地把手伸了出去,她摸了摸松鼠,松鼠动了动,站姿换成了坐姿,依然静静地待在那儿,看着她,或许,这里本就是他们的领土,他们正在热情地包容着我们对他们的打扰。

忽然,好像发现了新大陆,她俯身拾起橄榄褐色的一根长长的、她的手掌那么宽的带子,

"妈妈,这是什么?"
——"海带",我走进看了看。

"那可以吃吗?"还没等我回答,她便塞入口中咬下一小口。"好咸啊!"

——"还没洗过呢,海水是咸的啊!"她朝着一直望着她的松鼠和我吐了吐舌头,哈哈大笑。

51

Tips 请勿喂食野生动物

1. 岸上凸起的礁石上立着望远镜,可供游客观看礁石上的海鸟。
2. 岸边立着木牌"Keep the Wild Animals Wild!",提醒游客不要去喂野生动物食物,因为他们会对人类的喂食产生依赖性,从而失去独立生存的能力。

在圆石滩打滚

17里湾环状围绕着卵石滩度假区,这里,原本不是我们计划的目的地。

只因太美,禁不住要去看看。"只因为在人群中多看了一眼,于是,再也没能忘掉你的容颜",说的就是它。

崖上的橡树或许历经的年代实在太久，有的古木已经成了枯木，不过依然隽挺；岸边，奇石暗礁形态各异，任凭潮起潮落的肆意洗礼，海鸥翱翔。

沿石阶而下，满眼一片广阔的草坪，草坪的尽头是望不到尽头的洋面。

"妈妈，我们比赛跑步吧！"踏入草坪，还没开始"预备"的口令，她就开始了奔跑。一溜烟儿的工夫，已经跑到了草坪的中央。我似乎追不上她了，她回头看了看，停了下来，躺在草坪上，开始打起滚儿来。横着滚，竖着滚，滚个不停。"软绵绵的，一点儿都不扎人！"

美国高尔夫传奇人物杰克·尼克劳斯（Jack Nicklaus）说，"如果我只剩下还能打一轮球的机会，那么，我会选择圆石滩，我从第一眼看到就喜欢上了它，这也是世界上最好的球场。"我想，对于美啦啦而言，她要说的是"如果我只剩下一个草坪可以打滚儿，那么我会选择圆石滩的大草坪。我从第一眼看到就喜欢上了它，这是我见过的最好的草坪"。

圆石滩（Pebble Beach）球场就坐落在这里。海洋、陆地、沙滩、海豹、悬崖、球场、野鹿、参天古木，只为圆石滩而生。球场绒毯般的球场一直延伸到

海边，沿着高低不平的海岸崎岖着，峭壁边缘是球道和起伏的果岭，球道与悬崖峭壁相伴，果岭前被沙坑包围，果岭后是大海，很多洞都是临海而建。伴着海浪拍击崖壁的乐声，无数的海鸟旁若无人地站立在球道上加油，击起一球，空中，除了白色圆球，还有飞来飞去的海鸥为伴……想想都醉了！是童话吗？不，每一天，这个画面就真实地呈现在这里。

1. 圆石滩高尔夫球场（Pebble Beach Golf Links）。1919年开业，位列公众百大之首，全美排名第一的高尔夫球场，它之所以著名，不仅是因为它得天独厚的绝美风景，还因为它多年来完善而出色的管理。球场以设计精美和极具挑战性闻名世界，曾多次举办世界著名高尔夫赛事，包括每年一度的AT&T圆石滩职业业余配对赛以及1972年、1982年、1992年和2000年的美国公开赛。

1992年，圆石滩被日本人收购，许多美国人因此愤愤不平。七年之后，1999年，热爱圆石滩的美国精英们联合起来，用8.2亿美元的价格收回圆石滩，重回故里，完成了美国人的梦想。圆石滩"回归"当年，球场举办了99届美国业余赛，用99届美国业余赛的形式让这一幕商业传奇永久地载入了史册。2000年，圆石滩举办了第100届美国公开赛，在这一届公开赛中泰格·伍兹凭借15杆的优势取得了胜利。

2. 关于美国的草坪。没有特别标志的人工草坪均可进入嬉戏游玩，值得注意的是：出于对自然植被的保护，非人工管理的天然草坪不得进入踩踏。

关于美国1号公路

1. 美国1号公路。1号公路沿太平洋海滨依山沿海而建,曾被评为全球10大最美海岸公路和世界上最神奇最美丽的公路之一。1号公路从墨西哥往北一直延伸到加州北部,在多数人心中,1号公路是特指北起旧金山金门桥南接洛杉矶的这一段约460英里(740千米)的公路:从旧金山北边直到洛杉矶南部。它沿途连接了数个明珠一般散落在太平洋沿岸的小镇,串起了蒙特利(Monterey),卡梅尔(Carmel),十七英里(17-MileDrive),大苏尔(BigSur),索尔望(Solvang),圣塔芭芭拉(SantaBarbara)等著名小镇和名胜。

2.《美国1号公路》。《美国1号公路》是一部255分钟长的纪录片,是史上的超级巨片,被认为是"前无古人后无来者,史上最美的美国画像"。导演罗伯特·克拉莫(Robert Krame)不但是美国独立电影最具原创性的导演之一。在离开美国10年后,他决定背着一台16mm摄影机"回家"。长达五个月的旅程,他将自己隐身幕后,没有旁白或注解,在儿时玩伴的带领下,贯穿了美国最古老的1号公路,记录着住在这公路两岸将近1/3的美国人口及多变的景致。他说:"我来自美国西部,所以我走1号公路,从Maine到佛罗里达。小时候坐在父母车子的后座,长大后在路上拦车,然后有时也会有机会开车。我觉得现在是回去看看有什么事情发生的好时候。我会看得更清楚些,因为我已经离开那么久。我要去听听……而我所说的这个转变,这个美国社会的改变,是一个非常有趣的阶段。"在影片完成近20年来,每一天都激发一个又一个后继者,循着Robert Kramer的脚步,踏上美国1号公路。

（4）卡梅尔小镇：迷路不哭，寄存在童话里

"当马车到达山顶时，我们透过松林海雾俯瞰卡梅尔湾。显然，我们来到了一块人迹罕至的圣地。"

——美国抒情诗人罗宾逊·杰佛斯

今天的行程，完完全全是为自己定制的，或者说，完全是为了满足我的私心，根本没顾得上去再多想同行的他们是否满意。就像她爱死了迪士尼一样，卡梅尔小镇，是整个行程中我最最向往和期盼的地方。不过，有点儿遗憾的是，我们只能乘坐四个轮子的车子来到这里。

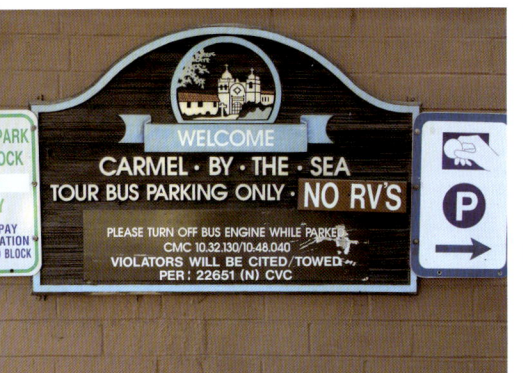

对于小镇的每一处我都如此的熟稔，足以表达出我对于卡梅尔的期盼：这里的街道、十字路口、拐角、小店，还有张大千先生的"可以居"早已刻在了我的脑海里。

来过这里的很多人，都爱用"世外桃源"来描述她，身在其中的时候，我想遍了所有的词汇，却不知道该用怎样的一个浓缩的词来描述，因为"艺术家、诗人和作家的卡梅尔"，她已经文艺、柔美、优雅了100多个年头了。

是高树屋，不是卡梅尔

从圆石滩去卡梅尔小镇的路途，与17里湾放眼广阔洋面完全不同，由始至终，道路都被高耸茂密的常青木包围着，每前行一步，却猜不到下一个拐弯处的秘境。

"妈妈,圆石滩上有圆圆的大礁石还有沙滩,所以叫作圆石滩;你喜欢的卡梅尔啊,这一路都是大树和房子,为什么不叫高树屋,要叫卡梅尔呢?"

——"据说,因为这里是一个叫卡梅尔的公司开发的。"100多年前,卡梅尔公司发现了这个绝好的地段,于是把它开发成为度假胜地。我看着她一脸的疑惑,"名字可以与我们一眼就看到的事物有关系,也可以是我们不知道的原因,就像爸爸妈妈们给孩子取名字,他们用名字来表达对孩子的期望、向往,或者为了纪念,或者是为了表达某些特定的含义。只是一种称呼,一种代表。另外,Carmel 是音译。"

"音译是什么?"

——"就是根据外语的发音来翻译。"这一刻,贪玩的我只想按下某个控制键,快点儿关闭她的问答模式,重启!"比如,你的 Disney,英文里的发音是 ['dizni],所以我们的中文就音译为迪士尼。"

"比如:米妮是 Minnie,米奇是 Mickey。"她还会举一反三。

——"正解"

——"噢,不过还是高树屋好!"有时候,她有点儿倔强,随她去,就叫高树屋吧。

安静地做个美男子

正如城市因人而生,卡梅尔到处都散露出的浓厚的文艺范儿,或许,正是这里足够文艺的人们的生活的写照。

1906年的时候,旧金山大地震,很多寻找自由乐土的艺术家、诗人、作家、音乐家、演员都被这"松林之间,卡梅尔沙滩之畔的海边小镇"还有低廉的价格所吸引,于是移居此地买地在林中建屋。久而久之,这里成了艺术家们的乐园。艺术家们使得整个卡梅尔小镇变成了一个无可取代的完整艺术品,从细节到整体无一不精致。

只有四千多的本地居民,早期90%都是专业艺术家,其中,还不乏国际大师级的人物;要知道,就连卡梅尔的几任市长亦出自娱乐圈,比如:著名作家兼演员 Perry Newberry,著名演员兼导演 Clint Eastwood 都先后在此任职;还有,被西方艺坛赞为"东方之笔"的我国张大千先生亦在卡梅尔购入独立屋宅,1970年,他举家迁往,并在此居住了11年,他给他的房子取了个很中国的名字——"可以居",有人说,在卡梅尔居住的岁月里,张大千的画作风格进入了"苍深渊穆"的境界。

"用双脚去丈量卡梅尔",的确,漫步 Downtown 才是最好的认识它的方式。即使是盲人,也不用担心行走的安全,每一个十字路路口,无论是否红绿灯,车子一定会停下来,不急不躁地等你走过之后再继续行驶。

除了街道名和指路标识,这里似乎找不到任何一个高举高打的商业广告牌与霓虹灯。一直以来,他都高冷地拒绝商业的侵蚀。纽约、东京、香港的燥热,无论如何都不会在这里出现。"我想我还是安静地当一个美男子算了","叫兽易小星"扮演的唐僧挂在嘴边的口头禅的独白,说的好像正是波西米亚的卡梅尔。

迷路不哭

卡梅尔小镇镇中心的街道横平竖直,完全的"井"字型,横着6条街道,由北至南

分别为"Monte Verde Street——Lincoln Street——Dolores Street——San Carlos Street——Mission Street——Junipero Avenue",竖着的街道更为简单,分别直接用3-8的数字依次排列,比如:第3大街、第4大街……第8大街。奇特的是,房舍都没有门牌号码,100多年来,当地人已经习惯了用"在第几街与第几街某某路上的什么店"作为约会的表述。

"妈妈,这里有我的大富翁游戏的纸棋盘。"在一家陶艺店的门外标有"FREE"的玻璃框里,她取了一张双开的印刷精美彩图,揣在胸前。我拿来一看,原来是地图,不过,真的很像大富翁棋盘。

——"是地图哦,你看,这样的地图是不是更容易看懂呢?"与普通的地图不同,这里的地图完全图像化,除了店名,还会画出每个商店的模样,一眼就能识别。

慢慢地走,慢慢地逛。老树、老屋、画廊……每一处拐角我都不放过。白墙、蓝门、彩色的窗格,陶艺、布艺、麻绳充满着我的眼帘。即便是豪华惯了的一线奢侈品门店,来到卡梅尔,也入乡随俗地改头换面,店面的装修也充满着波西米亚风味。所以,有评论说"一种极大的热情笼罩了整个社群,每个新来的人都好像被迅速接了种,涌起一股极大的热情想要马上做点儿什么与这里的文艺相关的事情。"时装店、古董店、糖果店、玩具店、花房、上百家的画廊与画室……没有相近的门脸,每一家都不尽相同,却都似曾相识般的亲切。

店家们售卖的大多为手工作品,批量工业化制品并不多见,这家的商品别家也鲜有。

手工首饰尽管价格不菲,可是能

保证的却是世间独此一件。

见到满心欢喜的，就多驻留一会儿，过了就过了。

走出布艺店，来到一家甜品店，这里有她最喜欢的冰激凌球，"你要草莓味儿的还是巧克力味儿？"半天没有应答。通常，她会对我说，"我要两个球。"我转过头去问她，身边不见她的踪影。周边四处张望，我的天哪，她丢失了！被拐卖了？……各种乱七八糟的画面，一下子充斥到我的眼前，我极力克制着自己，要冷静，要冷静。

那一家花房，我们俩还在一起，之后我们肩并肩地坐在门口的台阶上，一个过路的金发小伙子还帮我们拍了张合影。

后来的布艺店，我们也在一起，我在看那块方巾的时候，她在看被叠成了小兔子的手绢儿。之后，我迷上了另一款印花的围裙，我在与店主交谈……埋单后我就进入了甜品店。我和美啦啦唯一分开的地方就在这里。

我回到隔壁的布艺店，她不在；我问了店家，他肯定地告诉我，几分钟前我们是一起离开的，之后没见她再来。

MY GOD! 我站在布艺店大门口，掏出手机，打算拨打911。

——"她来了！女士。"店家大声地对我说。

我一下子扑了上去，把她一把揽入怀中。

"妈妈，我的地图找不到了，我又去拿了一张！"她举着地图对我说。

——"好，累了吧！"她似乎被我突如其来的神情吓了一跳。

我紧紧地牵着她的手，回到街角的甜品店，选了个靠窗的位置坐下。

"你要草莓味儿的还是巧克力味儿？"

——"我要两个球。"

Tips

关于卡梅尔小镇

1. 卡梅尔小镇：在1号公路的蒙特雷半岛上，距离蒙特雷半小时车程，周边可以去蒙特雷、17miles。

2. 在卡梅尔小镇，最好能住上一天，慢慢感受卡梅尔的静谧；不过，价格相对较贵，要提前预订。

3. 可以为卡梅尔小镇最古老的建筑卡梅尔教会教堂 Mission Carmel Church 预留2个小时，它是这里的地标性建筑，始建于1770年。原来是印第安人聚居地的加州，1769年成为西班牙殖民地。这座是由传教士 Jnipero Serrra 1771年时所建，据说是为了使印第安土著皈依基督教。1767年神父由墨西哥徒步进入加利福尼亚地区（当时的墨西哥是西班牙的殖民地），先后创建了圣迭戈（San Diego）、卡梅尔（Carmel）、旧金山（San Francisco）等传教站，从北到南盖了21座教堂。病逝后葬在卡梅尔传教站的主神坛前。19世纪中期又重新修复了一次。整个教堂分为8块区域，主要由大教堂、蒙拉斯博物馆、塞拉博物馆、现在的神父公馆和小教堂，道尼博物馆、校址、庭院以及公墓组成。大教堂内外，从室内的壁画和座椅以及被踩踏得光滑的地板可以看出其历史的悠久。教堂后面有个很大的庭院，本来是用于种植庄稼，果树以及饲养牲畜。所有的博物馆内的陈设，都有"No Photo"的标志。门票：$5.00/人。

（5）没有罐头的罐头厂里有糖果

卡梅尔的流连忘返，耽搁了我们回程的时间，掐指一算，这个时点去旧金山一定会塞车，干脆移步临近的美国加州蝴蝶镇（Pacific Grove）的美国罐头工厂（American Tin Cannery Factory Outlets）吃个晚餐吧。

还没停留多久，小镇已经没到了落日之中，天边一片洋红的色彩，海鸟肆无忌惮地飞来飞去，一下子就落到了路中央，对来来往往的车辆和路人没有丝毫惧怕的意思。长头发的艺人坐在街边欢快地弹着吉他和敲着手鼓，躺在礁石上休憩的两只海狮不时地附和着发出声声尖叫，像是回应，又像是二重唱。

"妈妈，你看，大红灯笼高高挂！"她的眼力一向很好，几个大大的红灯笼吸引了我们的目光——中华阁，哈，竟然是家中餐馆。

——想吃中餐吗？

"我要吃一碗大米饭。"

老板娘大约40岁，东北人，热情地给我们沏着大麦茶，招呼我们落座。她已经迫不及待了，"阿姨，我要白米饭，还要蒸鸡蛋。"

——"够了吗？"

"嗯，够了！"看来一直以来，我给她灌输的吃多少点多少的原则生效了。

隔壁的糖果世界（Candy World）实在吸引眼球，原来这就是有名的啫喱豆（Jelly Belly）的商场，趁着上菜的工夫，小妞已经溜到了隔壁。哇！五颜六色的糖果实在美不胜收，品种繁多的糖果布满了整个商店，别说孩子，就连我也垂涎三尺。

"我们买点儿糖果吧，我要带回去做礼物分享给幼儿园的小朋友和老师！"她一个个拾到糖果篮子里，一边走一边念叨，"这是给BB的，这是给裹裹的，这是给珍珠的，这是给晶晶老师的……"

——"小朋友们吃糖果会蛀牙哦！"

"我知道的，我吃完会记得刷牙的。"她熟练地提着半篮子的糖果到和她一样高的柜台前埋单。

"妈妈，罐头工厂里一个罐头都没见到。原来，罐头工厂不是做罐头的，是卖糖果的啊！"

我也纳闷得很，原来美国作家约翰·斯坦贝克（John Steinbeck）笔下的蒙特雷海景大道的罐头厂街哪儿去了？

老板娘告诉我们,据说,在小说《罐头厂街》发表后不久,这些装沙丁鱼罐头的罐头厂、沙丁鱼,以及一天可以工作长达十六个小时的切割工和搬运工仿佛一夜之间,就从蒙特雷海湾消失了。而今的美国罐头工厂店俨然一个独特的零售和娱乐中心,罐头厂街的过去被贴在了商场的墙上,唯有透过照片,才能看到若干年前车间工作的女工们的身影。

许多年前,一个印度来的瑜伽师说,罐头厂街尽头开始,太平洋果园向东一直到蒙特雷西边,这里的氛围和他在喜马拉雅山脉感受的氛围一样好。如今,岩石海岸的美国锡罐头厂已经被记入了历史,大多数已经关了门。只是,厂房还都在,一些成了闲置的仓库,一些被改造成了饭店、时装店或礼品店。这些一连串的看似铁皮房的低矮的米白色的、由原木和成吨的水泥加固建成的房屋一直延伸悬崖边上,而,悬崖尽头,是大海。

或许,某一天,沙丁鱼还会卷土重来,罐头工厂里还会满是罐头!

关于美国罐头工厂店

1. 不要错过的 Candy World
蒙特雷最大的糖果店,有70种口味的盐水太妃糖,超过50种口味的啫喱糖豆(Jelly Belly)。
地址:125 Ocean View Blvd., Suite 125
2. 中华阁 China House
这是一个中餐馆,提供东北菜及川菜,老板娘是东北人。
地址:125 Ocean View Blvd., Suite 126

（6）纳帕古堡：睡美人喝醉了

一路都是葡萄种植园，排列有序，错落整洁。酒庄一家挨一家，各式特色的可以满足各种极端挑剔的味蕾。

有时候，我们好像有些本末倒置，别人去纳帕是为了品酒，而我们，却是为了那个像极了中世纪的城堡的意大利人的古堡——Castello di Amorosa。古堡，一直就是我怀揣着的公主梦，她却和我一样，与生俱来的对城堡充满着热爱，也许，是我的基因在作祟。

29号公路尾端，半坡上，一大片葡萄林，再往里走，是古堡，再后面，是绿色的森林。

"妈妈，睡美人在古堡里吗？"她好奇十足。

——"如果他的王子还没来唤醒她，也许，她就还在城堡里。我们去看看就知道了。"她一直相信《睡美人》的故事，城堡里的公主沉睡了一千年，后来是王子唤醒了她。她也一直相信童话的存在，比如，平安夜的时候，会有白胡子的圣诞老人驾着驯鹿雪橇钻过烟囱来给她送礼物；比如，迪士尼里的米妮米奇是另一群真实存在的朋友……而我，也愿意让她心怀美好，相信童话，也愿意陪伴她追寻童话里的美好。

整个古堡都是用石头做的，好像就是直接用大块大块的石头堆砌而成，无论色彩还是边角，每一块都不一样。与整齐划一的精美无关，整个古堡透露着纹理的本色与古老的痕迹，据说一砖一石，都是手工切割打磨。每一块上面都有着古老时光的痕迹，这样的美是现代材料和机器切割所不能达到的。

"宝贝，你脚下踩着的这个石块，很可能就是从欧洲某一个城堡的废墟上运过来的。"

——"废墟是什么？"

HANDICAPPED ENTRANCE

"就是废旧了的没人住的地方。"

——"噢,这么多的石头,要多久才能堆成一座城堡呢?"

"好几十年吧。"

还好,我做了功课。

要进入城堡,得先经过一个木头吊桥。

高高的围墙里是围合的塔楼、大厅、教堂、马厩、凉廊、庭院,一应俱全,除此之外,还有逼真的十八世纪的监狱和酷刑室,里面收藏着十八世纪时用的刑具和盔甲……完完全全一座真正的意大利中世纪托斯卡纳古城堡!

正方形的院落,三面回廊。庭院之中,开满了火红的玫瑰。

长长的通道,拐上好几个弯,才能到达交错的地下,地下这层才是这座酒庄的核心。

"这就是一个从欧洲搬过来的古堡,石头、铁门及灯具全部从奥地利、意大利等欧洲国家运来,至少装了 200 个集装箱。"解说员一边带领我们走到地下,一边给我们讲解着古堡的历史:

1882 年,有一位意大利葡萄酒商人带着他的新娘来到了美洲新大陆,他们在旧金山开了一家酒庄——V.Sattui,并成为家族传承的生意,他的曾孙子 Dario Sattui——现在这家酒庄的主人,对自己祖上的国家和文化充满了兴趣,尤其痴迷于意大利中世纪城堡。他想建一个全北美最好看、最有趣的酒庄。他花了很多年的时间去研究中世纪的建筑,收集详细的照片。因为着迷于意大利中世纪建筑,他一次次地前往意大利,在意大利乡间一待就是大半年。清晨,他骑着摩托车开去某个旧城堡或某个古废墟,随身带着他的卷尺、小锤子、小本子、笔和照相机,

把自己的发现和研究随手记下来，有时候一块石头也能让他研究很久，傍晚回到酒店脸上写满疲惫，但眼里却闪烁着兴奋和快乐的光芒。"他甚至佯装买家让房地产经纪人带他看城堡。欧洲很多城堡是不对外开放参观的只对外出售，他就灵机一动，打扮得西装革履装作是一个非常有钱的买主，请各种经纪人带他去看。"

就这样，经过15年的研究，1995年1月，在加州葡萄酒乡纳帕谷（Napa），这个梦想已久的意大利中世纪托斯卡纳式城堡终于开建了！刚开始，Dario低估了工程的难度，他预计城堡可以在5年之内竣工，但是他错了、现实很骨感。地下部分就整整建造了10年！筹备15年，建造10年多，近30年的光阴里，他经历了离婚，出了车祸，秃了头发……于是，加州纳帕有了这座"城堡"。完工的时候时光已经到2007年了，城堡是他一生的至爱，他给它取名"爱的城堡"（Castello di Amorosa）。

"妈妈，我想去洗手间。"要不是她的呼唤，我甚至怀疑，我已经入梦了。

"哇！这是女，这是男。"她指着门上的头像对我说，"好有范儿的阿姨。"洗手间的每个门上都是托斯卡纳手绘风格的头像。手绘确实精美，不仅仅大厅的壁画，这里的也如此。洗手间里点缀着鲜花和摇曳的烛光，洗手台上的水龙头装在了斑驳红漆的古旧木头上，不愧"全美最美厕所"的称号。

一切似乎都在还原历史，锈迹斑斑的铁门锁着一屋子的酒瓶，不要小看这些落满灰尘的满壁酒瓶，那是Dario的祖父存下来的酒瓶，铁门来自16到18世纪的古老欧洲监狱。

地窖里满是大大的橡木桶，中央区是品酒区，长长的石桌，每个人在目录上挑选出自己想尝试的 5 种酒，品酒就可以正式开始啦。一个高脚杯，一个陶瓷瓶子，如果不想吞咽口中的葡萄酒，就直接吐入陶瓷瓶子里。

"我也要喝！"

——"21 岁才可以饮酒。你几岁了？"

"4 岁 3 个月。"

——"没到 21 岁喝酒可是违法的哦，法律有规定小孩子不能喝酒。"

"是会关到刚才看到的那个监狱里吗？"

——"有可能是这个监狱，法官说了算。"

虽然，古堡贴心地为她配了葡萄汁和手指饼干，看得出来，依然难以让她释怀。她失落地啃着手指饼干，气快快地对我说，"妈妈，我猜睡美人可能就是因为没到 21 岁喝了酒，喝醉了才一直睡不醒的。"

Chap.1

Chap.2

Chap.3
旧金山

Chap.4

Chap.5

Chap.6

Chap.7

Chap.8

Chap.9

关于纳帕（Napa）

1. 帕纳山谷。纳帕河畔中部，Napa 山谷一片广袤绵延的丘陵。全年气候温和，光照充足，早晚温差大，雨量较少，土壤富含多种矿物质，世界上少有的可与法国波尔多地区媲美的葡萄种植自然环境成就着她作为美国最优秀的葡萄酒产区之一的称号，如今，已经成为美国酒文化的代名词。Napa 红酒较之波尔多味道微甜，单宁涩感微弱，酒窖藏期相对较短

2. 爱的城堡。意大利中世纪城堡的葡萄酒庄 Castello di Amorosa 是纳帕山谷里最年轻、最独具匠心的一座古堡酒庄，建筑面积 36576 平方米，107 个房间，地面地下一共 8 层，地下 4 层 80 多个房间共 8 万平方英尺的面积，主要用于藏酒和品酒。自 2007 年开放以来，它曾被各种杂志评选为纳帕最令人激动的十大建筑之一、最浪漫五大地点之一，以及最美、最佳品酒房等。每年仅出产 300 多桶自酿意大利葡萄酒并且只在自己的城堡中出售。可以游览古堡或者品酒，需要预约。

地址：4045 N. Street, St. Helena Hwy., Calistoga,CA 94515

（7）加州伯克利大学：博导叔叔带我逛校园

有人说，聪明并且家境好的孩子，可以去读斯坦福；聪明的但是家庭经济紧张的孩子，可以来伯克利。在公立的伯克利，即使平民出身的孩子也能实现接受世界最好教育的梦想。

相比斯坦福的悲情，加州伯克利，或许，更多了一丝浪漫的气质。

无论好莱坞的电影或者亚洲导演的影片中，加州伯克利，都是常客，比如，20 世纪 60 年代青春片中最引人注目的《毕业生》里，伯克利就是这个伟大爱情故事的发生地；《阿甘正传》里学生运动的领袖也来自伯克利，那辆车上还印着"Berkeley to Washington DC"；还有，李安的《绿巨人》就是从伯克利加大的实验室走出来的……

校园从伯克利城区一直延伸到林木覆盖的伯克利山麓，80多座建筑物散布其间。暑期里的伯克利，宁静却不失活力，草坪里或者台阶上，满是三三两两捧书阅读的人。

"元素周期表里有19种化学元素是在伯克利发现的，其中锫（Berkelium）就因伯克利命名。"

"看到那扇没有把手的门了吗？越南战争期间，伯克利的学生把自己拴在这个门把手上抗议学校禁止在校园内谈论民权运动以及发表反越战言论，学校为了防止今后再出现这种情况，于是，就把这扇门的门把手卸掉了。这就是著名的 Free Speech Movement，言论自由运动。"

……

高大上的劳伦斯国家生物实验室的博导叔叔亲自带着我们参观伯克利加州大学（UC Berkeley），使得我们的旅途光彩倍增。

园内的停车场里，方方正正的停车位里，有"Nobel Laureate Reserved"标志，这是学校给诺贝尔奖获得者的预留车位，原来，在这里工作和学习的诺贝尔奖得主超过50位。学校为了奖励这些诺贝尔奖获得者，将他们的名字雕刻在一栋纪念大楼中，更为他们在校园里特设了一些停车位，这在各大学府中还真是少见。

"妈妈，我们是穿越到了中国吗？"

——"穿越？"

"你看，那里有两只只大大的石狮子，就像故宫那样的。"

——"那是汉语言研究所，伯克利有专门研究亚洲的东亚图书馆，存有很多有特色的中国收藏，比如，甲骨文片、金石拓片、宋元时期的善本还有

一些手稿。"博导叔叔耐心地解释着。

伯克利拥有大大小小几十座图书馆并不足以让人惊讶，但是，左前方，这两只来自东方的石狮子却让我有些震惊。一对蹲踞壮大石狮子，左雄右雌，雕刻得极为精美，威武雄健，背部自然下凹，两前腿相对直立，右腿稍屈，双后腿贴伏于臀部两侧，自然地舒展，似乎在森严地守护着什么。

见到草坪，她都会双眼一亮。校园里柔然的青色小山头，自然逃不过她的眼睛，或者赤脚奔跑，或者在草坪上打滚儿。自从得知了美国的人工草坪都是可以上去玩耍的，她对草坪的热情，更是陡增一倍。

"妈妈，我想去草坪。"

——"去，滚一滚。"我想起很早以前在某本杂志上看到的关于这个斜坡的小插曲，据说，这个著名的 Faculty Glade 斜坡（4.0Hill），从这儿滚下来，在伯克利第一个学期的平均成绩就会在 4 分以上。

忽然，校园的深处传来了悠扬的钟声，久久地回荡在耳边。

"这里也有一座钟楼！也很高！"

——"那是萨瑟塔，有一百年的历史了。"这座塔近百米高的钟楼位居世界第三高。花了 2 美元。我们登上近百米的塔楼，塔内 12 个大小不一的大铜钟，据说最大超过 1867 千克；塔顶建有 48 个钟铃的报时钟，据说大钟每天敲响三次，报时

钟 24 小时报时。

斯坦福的胡佛塔，钟楼里所有的遗憾，在伯克利，在萨瑟塔，圆满了。

关于加州伯克利（UC Berkeley）

1. 加州伯克利。美国最负盛名且是最顶尖的一所公立研究型大学，位于旧金山东湾伯克利市的山丘上。1868 年由加利福尼亚学院以及农业、矿业和机械学院合并而成，1873 年迁至旧金山附近的伯克利市。伯克利加大是加利福尼亚大学中最老的一所。它也是美国大学协会（Association of American Universities）创始会员之一。伯克利在世界范围内拥有崇高的学术声誉，在其所拥有的 100 多个子学科里，有众多世界级的学术大师。曾在伯克利工作和学习的诺贝尔奖得主不少于 69 位（诺奖数量世界第六），其中包括 25 位校友。伯克利有美国能源开发署的三个世界闻名的大型研究中心：劳伦斯伯克利实验研究中心、劳伦斯弗莫尔实验室、阿拉莫斯科学实验室。其中，劳伦斯伯克实验研究中心是享誉世界的物理学研究中心，中心规模庞大，拥有实验建筑群 54 个。仅这个研究中心先后有 8 人获诺贝尔奖金。2003 年，伯克利被英国《泰晤士报》评为世界大学学术排名第一名；第二年被评为世界第二，仅次于哈佛大学。

2. 田长霖教授。他是伯克利加州大学 122 年历史上、也是美国有史以来的第一位华裔及亚裔大学校长，并开创了多项美国高校乃至世界高校的纪录。2000 年，经国际小行星命名委员会批准，中科院将紫金山天文台发现的国际编号为 3643 号的小行星命名为"田长霖星"。据说，刚到美国时，田长霖在南方的一所学校读书，第一次坐公共汽车去上学时他发现汽车前半部分坐的是白人，后半部分坐的是黑人，他不知道自己该坐哪里。后来，司机让他坐在了前面。这件事情对田长霖影响很大。从那以后，田长霖宁可步行，也不坐公共汽车。他担任了伯克利校长以后，即大力推动校园内的种族多元化。在伯克利的校园，可以看到各种各样的民族服饰，听到各种各样的语言，还可以吃到各种各样的不同国家的食品。如今，伯克利校园已成为美国最种族多元化的社区之一。

（8）原来金门大桥不是红色的

它不是世界上最长的悬索桥，但它一定是最著名的，没有之一。

它是世界上最大的单孔吊桥之一，被视为旧金山的象征。

在淘金热的时候，它是通往金矿的一扇大门，因此被叫作"金门大桥"。

1579年英国探险家弗朗西斯·德雷克（Francis Drake）发现了连接太平洋和旧金山的一个海峡，这就是后来的金门。尽管这个名字在1849年的淘金潮以前早就使用了，但淘金潮时代的到来更为金门增添了魅力。尽管早在1872年就有过要在金门海峡修建一座大桥的想法，但是直到1937年才在海峡上修建了这座横跨南北的悬索桥。参加建桥的工人，不少是中国人，大桥边上小路的青砖上铭刻有建桥人的中文名字，建桥纪念碑上，记述大桥1935年竣工的日期。

"妈妈，这座雕像是谁？"快上桥的时候，桥的一侧，圆圆的铜座上立着一个穿着西服的中年男人的铜像。

——"约瑟夫·施特劳斯。"铜座上，一块长方形的铭牌上清晰地刻着"Joseph Struss, 1870—1938, the man who built the bridge"

的字样。

"他为什么站在这里,他的手里握着一卷什么?"

——"因为他就是这座大桥的设计师。人们为了纪念他作出的贡献,所以,在他离开后,就在这里建了一座他的雕像。他的手里拿着的可能是金门大桥的设计图吧。"

对金门大桥最初的构想就源于他,他被封为"金门大桥之父",并享有"20世纪最伟大工程师之一"的荣誉。据说,他当年游说美国银行行长拨付贷款时,对方问到关于桥的设计的使用年限的时候,他坚定地给出了"For Ever"(永远)的答案。还传说,大桥竣工后,断了码头运输工人的饭碗,他收到了数千条控诉,通车后的第二年他却因此抑郁而疾,离开人世。

顺着桥畔的铁梯,我们上了桥。近30米宽的桥面,6个车道,限速45千米/小时,通行的车子一辆接着一辆,桥的左右最外侧,被隔出大约两米宽的道路供行人和自行车专用。

当我们真的站在大桥前面的时候,我想,唯有用"震撼"来描述它。举目远望,首先映入眼帘的就是大桥的巨型钢塔。钢塔耸立在大桥南北两侧,高出水面部分相当于一座70层高的建筑物。据说,天气好的时候,在加州伯克利的萨瑟塔上,是可以看到金门大桥的。只是,那天有薄雾,我们未能如愿。

"妈妈,桥怎么不是红色了?和图片上的不一样。"确实,桥的颜色确实与平日

PALACE OF FINE ARTS

印在心里的有些不同。远看是红，近看非红。

——"你看到的是什么颜色？"

"不知道，比红要橙一点儿，比橙又要红很多。"

原来，金门大桥的颜色并不是正红，而是红、黄和黑混合的"国际橘"，建筑师认为这个颜色比红更柔和，既可以区隔于"禁止通行的红"，还可以使得大桥在以浓雾闻名的金门萦绕的雾气中显得更醒目。据说油漆工必须在移动的鹰架上刷油漆，先用压力清洗，然后上三层油漆才得以调和。

Tips 关于金门大桥（Golden Gate Bridge）

金门大桥是世界著名的桥梁之一，被誉为20世纪桥梁工程的一项奇迹，也被认为是旧金山的象征。横跨金门海峡之上，北端连接北加利福尼亚，南端连接旧金山半岛。它是世界上所建大桥中罕见的单孔长跨距大吊桥之一，也是世界上最上镜的大桥之一。金门大桥建于1937年，历时4年，耗资3 550万美元，利用10万多吨钢材建成。金门大桥橘黄色的桥梁两端矗立着钢柱，用粗钢索相连，钢索中点下垂，几乎接近桥身，钢索和桥身用一根根细钢绳连接起来。钢缆两端伸延到岸上锚定于岩石中。大桥桥体凭借桥两侧两根钢缆所产生的巨大拉力高悬在半空之中。从海面到桥中心部的高度约60米，又宽又高，即使涨潮时，大型船只也能畅通无阻。

金门大桥因其雄伟壮阔的造型而被世人所熟知。同时，不少意志脆弱的人选择从这里走向极乐世界，使它也成为全球自杀人数最多的地方之一。据统计，在过去77年间，共有1 400人在这里一跃而下。"世界最著名自杀场所"这个称号给美国旧金山美丽的金门大桥蒙上了一层黑色的面纱。

（9）渔人码头 39 号：我们失去了免疫力

过去渔民出海捕鱼的港口码头，如今，终年热闹、人来人往。
长长的街道一直向前延伸，穿过的每一处码头都有不同的风情。

远远地，就可以望见杰弗逊街与泰勒街交叉处的立柱标志：一个画有大螃蟹的圆形广告牌。巨蟹标记是渔人码头的象征，找到了"大螃蟹"，就找到了渔人码头。

午间，正是码头最热闹的时刻，街口，一片繁荣。
夹杂着不同的口音的人群来往穿梭，露天弹着吉他的街头艺人兴致勃勃：有全身漆金喷银的、也有红红绿绿长发的，拐角处那一个个色彩艳丽的堆头上的水果娇艳欲滴……迎着扑面而来的海风，我们走进 39 号。

39 号码头的实木台阶上，到处是晒太阳的人群。泊满渔船的码头上，那艘最大的 Balclutha 的三桅帆船尤其引人注目，它代表着旧金山过去的荣耀，据说 1883 年在苏格兰建造，现在已变身为一座飘浮的可上船参观的博物馆。大大小小的游艇停在泊位上为主人随时候命。对面的小岛就是赫赫有名的恶魔岛，电影《勇闯夺命岛》之后，我对这里印象极其深刻。四面峭壁深水，

鲨鱼出没,这座面积不大的小岛实际上就是海湾中的一块巨大的礁石,距离最近的码头约 2 500 米。

飞舞的海鸥盘旋辽回码头与恶魔岛之间,来来回回地奔走,偶尔,会有一两只噗噗地飞过来,站到你的身边,只要不用手去摸它,它就不会被吓飞。

越往里走,行人越多,海狮们"嗷嗷"的叫声也越来越大,空气中散发出越来越浓的咸咸的味道。

"妈妈,海狮在叫!好胖啊!比我们之前看到的都要大!"一大片的海狮趴在空闲的泊位边叫喊着,据说,39号码头是世界上最出名的海狮观赏胜地,这里的海狮全部野生而非人工养殖,每年的这个时节,它们从大海深处游过来晒太阳,

——"他们可能是在欢迎我们。"

"嗯,他们还在捉迷藏呢。"海狮们慢吞吞地挪动着笨重的身体,偶尔,拍打着对方,一会儿,又潜入水中。

"大螃蟹,大螃蟹!"码头上,海鲜大排档一家连着一家,满满的、大锅大锅的、热气蒸腾的海蟹直愣愣地注视着来往的人群。

酸面包盅+巨蟹,早就久闻大名了。

真的,每个来到旧金山的人,似乎都无法逃过螃蟹宴的诱惑。面对着一只只红彤彤的肥硕的海蟹,我们只会

又一次地失去免疫力。

看着地图，我们径直上了二楼的餐厅。找了个靠窗的位置坐下。

菜单很贴心，配有彩图，足以满足她的兴趣，她就着图比比划划地勾选。

椭圆的酸面包盅，小南瓜一般大。

她小心翼翼地揭开微闭的盖子，一股的浓郁，里面满满的、浓浓的土豆奶油蛤蜊汤。用勺子舀起一勺，送入嘴里，之后，简直完全变了个人一般。

她干脆直接用手，把手指伸入面包盅里，抓起一把，塞到口里，满手的汤汁。

"勺子坏了吗？"

——"不，勺子太小了。"顾不得和我多说，她又开始狼吞虎咽了。

"像在恺撒宫里那样的吃法，更可爱。"

——"妈妈，真的太好吃了。"她已经三下五除二地把汤汁喝了个精光。她环顾了一下四周，哈，"那边那个小 baby 也是用手耶！"

酸面包的由来，源于法国移民 Boudin 家族，1849 年，就是发现金矿的那一年，他们为淘金工人们制作的法式酸面包，一下子声誉大振。当年是使用天然发酵的方式做成面团后，每次都要留一部老面下次继续再加到面粉里，这样酵母就永远用不完。不要惊讶，在这里吃到的面包的引子也许已经活了上百年。此后，这种特殊风味的面包一直沿用同样的制作方法。先用水和面粉混合酵母，放在室温中发酵做成"引子"（Starter），用它做成的面包质地软韧很有嚼头，带着有特殊酸味圆盘大小的面包盅内部被挖空，再盛入暖暖的奶油蛤蜊汤。如今，它已经和铛铛车、金门大桥一样，成为旧金山的代表之一。只是，淘金热时期的酸面包盅里装满的是蔬菜清汤，采矿人用微薄的收入买上一份汤和主食用以果腹。

在渔人码头，酸面包+蟹才是最好的搭档。

"我从哪儿开始吃呢？"侍应生送上了著名的巨蟹，仅仅蟹身就比她的整个脸庞还要大，配着威武的大钳脚，难怪她握着不锈钢钳夹不知道从哪里下手。这个确实有点儿难度。

——"没事，想怎么吃就怎么吃吧。"她左右开弓。

螃蟹的烹制，红烧、椒盐、爆炒只会损害到海鲜原味，没有了调味料的掩盖，螃蟹的鲜美、肥嫩以及烹饪的火候被体现得淋漓尽致。原汁原味的蟹肉，沁入口里，先是微微的咸，而后清清的甘甜。

渔人码头的蟹，正是如此！

关于渔人码头

1. 渔人码头最初是一个捕鱼及海产品交易的码头，意大利渔民聚集，到了 20 世纪 60 年代，由于渔获量减少，老一辈渔民家庭在这一带开了数量繁多的海鲜餐馆。1978 年，39 号码头的启动更带动了观光业的发展。历经半个世纪，渔人码头已成为旧金山最著名的景点，有一百一十家特色商店和十几家特色饭店，码头附近盛产鲜美的螃蟹、虾等各式海鲜，除了螃蟹美食，周边的名人蜡像馆（Wax Museum）、四百万美元兴建的水底世界（Underwater World）也很值得游览。

推荐吃：巨蟹 + 酸面包

◎ 餐厅名：Swiss Louis Restaurant on Pier 39 in San Francisco：1936 年，瑞士的意大利移民 Louis 在百老汇大街开设了第一家提供传统意大利美食和新鲜的海鲜的餐厅，42 年后的 1978 年，搬到 39 号码头，提供晚餐及晚餐服务。

◎ 地址：39 Pier Ste 204,San Francisco,CA,94133-1024

◎ 必吃：Garlic Bread 酸面包盅、Whole Dungeness Crab 珍宝蟹、蔬菜色拉及小食，约 50 美元一份

2. 恶魔岛 Alcatraz Island：距离旧金山湾区 2.4 千米远的小岛，在码头上可以远观。起初岛屿并非用作联邦监狱，而是作为一个关押部队军人的监狱，灯塔指引过往船只和守卫旧金山炮台的驻扎地。因为岛上开始除了岩石，什么都没有（植物），所以又名"The ROCK"。1986 年起作为美国国家历史的地标，然后逐渐面对游客开放。

Chap.1

Chap.2

Chap.3
旧金山

Chap.4

Chap.5

Chap.6

Chap.7

Chap.8

Chap.9

Chap.4

拉斯维加斯的饕餮

曾经，这个"Las Vegas"意为"肥沃的青草地"的沙漠腹地，只是个没名的小村落。19世纪中叶，一名拜访过拉斯维加斯的陆军中尉曾经绝望地认为，从此往后，再不会有人涉足这里。

但是，一百多年后，她成了一个传奇。史无前例的胡佛水坝、地球上自然界七大奇景之一的科罗拉多大峡谷、世界顶级的酒店群、满是硝烟的赌场、胆战心惊的云霄飞车、每年发出的10万张结婚证书……她成了一座巨型旅游城市，一个真正有血有肉、活色生香的城市，一个充满着哲学思辨的sin city。

迷途的羔羊们在这片肥沃的牧草地上，放牧着无穷无尽的欲望。这个原罪，不是犯罪，而是人们自导自演的无尽贪婪。

在这里，有人为她迷失，也有人对她流连忘返。
于是，有人说，"没到过拉斯维加斯，就不算到过美国。"
今天，我们来了，因为大峡谷，更因为拉斯维加斯的饕餮！

(1) 夜访不夜之城

夜晚，我们从天使之城驶向罪恶之城。

预订的是美联航的航班，19：25 从旧金山飞往拉斯维加斯。渔人码头大餐之后，我们匆匆忙忙地直奔机场。

美国境内城市之间的飞行，安检明显的简单了许多，只要过机扫描就好，不过，行李的托运是需要付费的。因为带着孩子同行，我们又一次被安排到了优先特别通道，一下子就把长长的队伍甩在了后面。

吃喝玩乐了一整天，她显得有些疲惫，在候机厅里，靠着我的肩头一下子就呼呼大睡了。她说，为了成全她的睡眠，飞机才会足足晚点了半个多小时。

真正起飞的时候已经 20：00 了，旧金山的夜空，平静得没了星光，也许，天使也已经安睡了。

航班上，我竟然可以连接 WiFi！当我开始感叹拉斯维加斯的财大气粗时，才发现：WiFi 有，但是需要付费才有，而且费用还不低！3.99 美元！真是应了那句老话：天下可没有白吃的午餐！罢了，罢了，和她一起小憩一会儿吧！

20：45，飞机准备降落了，中年的空嫂催促着乘客们折叠起小桌板，拉开遮光板。

"妈妈，这也是星星吗？"她探出头去。

——"好像不是哦！我想应该是灯！拉斯维加斯城里的灯。"俯瞰城市，真的美得一塌糊涂，这简直就是一座用灯光堆砌的城市，好像一个大大的围棋棋牌，点点的灯光就像一粒粒的棋子，一盘棋，一座城。

"真美！可是得用掉多少电啊。"她操心的事儿还真不少。

飞行员实在是马力十足，即使迟到了半小时的航班，也能准点到达！看来，驾驶飞机也可以像汽车那样，多踩踩油门！只是不知道，雷达控制的飞机是否会有限速行驶的指令。

比起旧金山的机场，拉斯维加斯的航站楼大了许多，对于它的大，我们完全没有足够的心理准备。就连取托运的行李也颇费了一番工夫。

先是步行长长的通道再下楼，然后坐上几站类似地下铁一样的直通车才到行李提取处，足足有半个小时的时间。走出机舱的第一刻起，除了大大的"欢迎来到拉斯维加斯"的字牌，满眼都是五光十色的老虎机，仿佛来到了一个光怪陆离的迷宫，各色各样的老虎机纵横交错地摆满了整个大厅和各个角落，电梯口、走道旁、便利店边，甚至厕所门口都有；大大小小的赌桌占据大厅的显要位置，穿着时髦的各种肤色的人，坐在机器前面，耳边不时传来老虎机里落下的"哐哐当当"的硬币的声音，偶尔，爆发出阵阵欢呼声。不用吃惊，这里，其实只是冰山一角，有近7万台"吃老虎机"的赌器，遍布在城市的各个角落。

华美的灯光，璀璨的夜空，来来往往的人群，10亿美元打造的每隔15分钟喷发一次的音乐喷泉，一块就要1 000多美元的琉璃装饰的酒店大堂顶

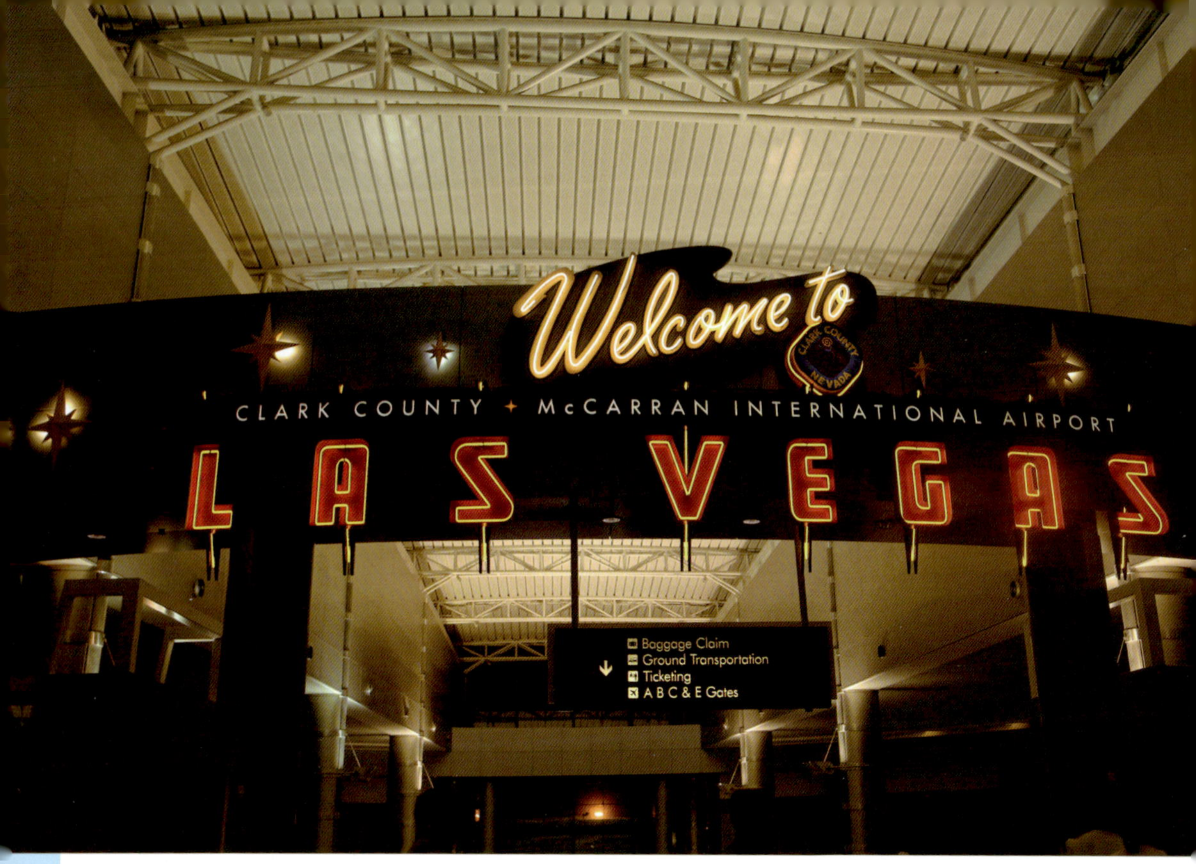
Welcome to
CLARK COUNTY NEVADA
CLARK COUNTY ✦ McCARRAN INTERNATIONAL AIRPORT
LAS VEGAS
Baggage Claim
Ground Transportation
Ticketing
A B C & E Gates

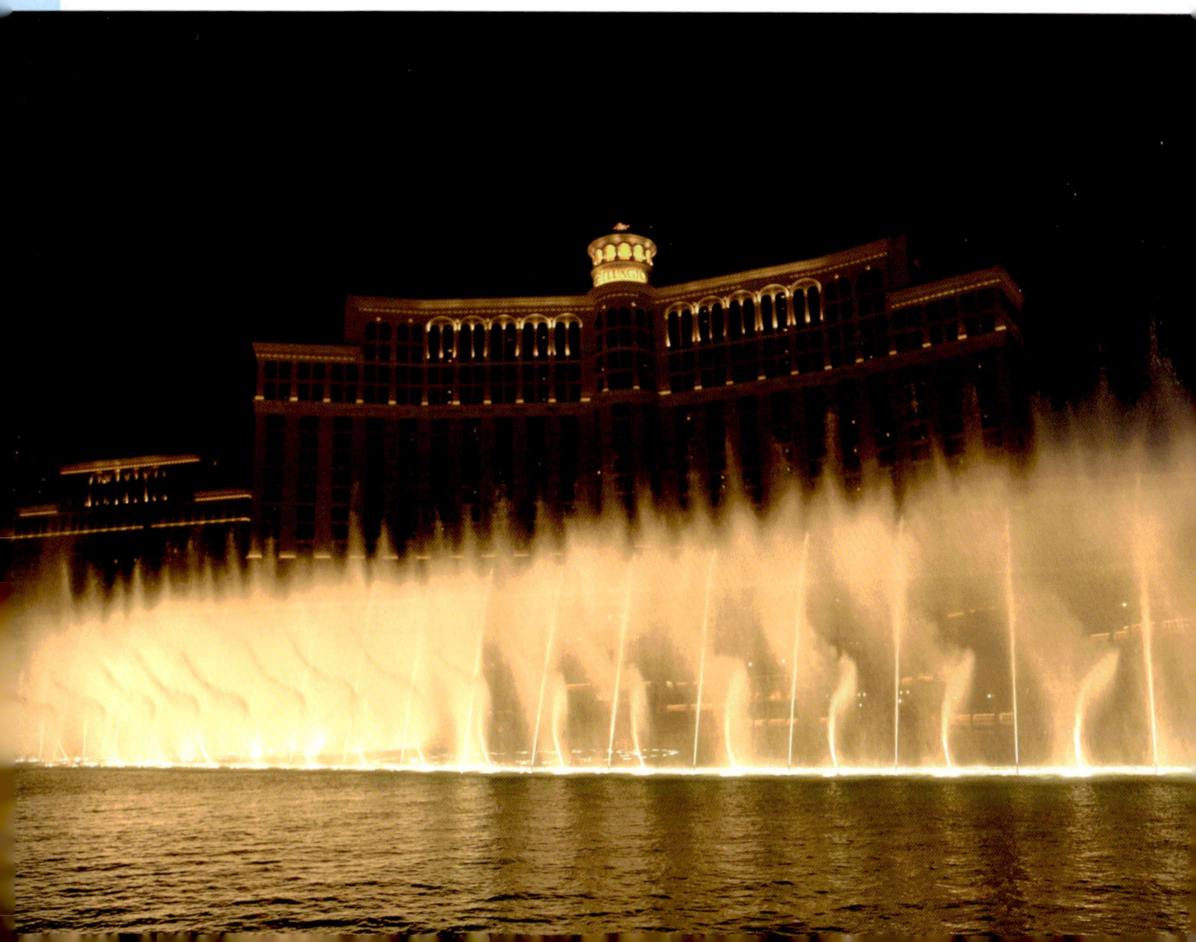

棚,足足用了两吨的巧克力来循环流动的巧克力自饮机……忽然让我想起多年前去过的另外一座同样奢华的城市:迪拜。

只是,除了纸醉金迷,拉斯维加斯更多了一点儿不可思议。

米卡兰国际机场
(MCCARRAN INTERNATIONAL AIRPORT)

1. 机场距离城市核心的拉斯维加斯大道仅有1英里,米卡兰国际机场是最现代化的国际机场,拥有93个登机门,每天起降航班多达700余架。

2. 可以用WiFi的航班。机上有WiFi供使用,只是需要付费。

3. 付费的行李车。美国境内机场大多没有免费的午餐,行李车也如此,使用一次5美元。

（2）敞开肚皮，奢侈一回

夜晚，闪烁变换的霓虹灯，照亮这座沙漠里的城市，五光十色，光彩琉璃。

无数世界顶级饭店、赌场和度假村，超过六万间的客房聚集在6.8千米长的赌城大道（Las Vegas Strip）的两侧。据说世界上十家最大型的度假旅馆，拉斯维加斯就有九家，各国著名的歌舞团体及世界知名影星和歌星都以能登上拉斯维加斯的华丽大舞台而感到自豪。

尽管如此，但是彻头彻尾，我们都志不在"此"，而在于"吃"。吃货母女就是这样！
拉斯维加斯的自助餐享誉全球，包罗万象，美食的诱惑，恐怕大人孩子都无法抵挡！如果要用一个词来形容拉斯维加斯的自助餐，我想一定非得用"饕餮"不可。

宝贝，今天，我们就放纵地吃上一次吧！

世界十大自助餐厅榜首的"拉斯维加斯恺撒宫"，是我们的目的地。恺撒宫里赌场自然少不了。去餐厅的走廊，左右两边，老虎机和其他我叫不上名字的赌桌一个连着一个。据说，赌场老板为了留住赌客，费脑筋想了不少办法，比如，把赌场里的氧气增加到比外面多60%，声光电都控制在最适合人体的场景，客人们才一直亢奋得不会疲劳。

"妈妈，这里很贵吗？"
——据说是的，网上说它是全美国第一的自助餐哦。
"那我什么都可以吃吗？"
——当然，今天破例，你可以想吃什么就吃什么。
"哇噻，我太爱你了，妈妈！！"
餐厅很忙，有世界级的顶级厨师坐镇，慕名前往的吃客们自然数不胜数，还好，我们提前预约了。
漂亮的女侍者确定了我们的名字后，指引我们到预订好的餐桌前,她的椅子被拉开,她的身体在几乎要碰到桌子的距离站直,等着侍者把椅子推了进来,她的腿弯碰到后面的椅子,然后坐下来了。之后,她冲着我得意地笑了笑,我回了一个大拇指!

斥资千万打造的自助餐厅满眼的金碧辉煌,餐厅很大,菜式很多。缓缓的音乐里,她变得格外的淑女。巴西烤肉、迷你牛柳、顶级肋排、炸鸡、华夫饼、意式比萨、西班牙海鲜饭、刺身、牡蛎、鲑鱼还有阿拉斯加的大龙虾……近500多种自助菜品、数十种甜品冰激凌,按照品类排放在餐厅的最深处供食客自取。

"妈妈,我知道,餐巾需要完整地展开覆盖在我的大腿上。"琳琅满目的食物,她颇有主见地自取,依然是她平时喜爱的,牛柳+比萨+土豆泥,锯齿的刀用来切肉,普通的刀用来切蔬菜,最小的那种小刀,是用来抹果酱的……

——"吃饱了吗?"

"主食吃饱了,但是我还想去吃甜点和冰激凌。"她准备起身。

——"刀叉的秩序要放好!"

"妈妈,不要着急,我知道的,你不记得我是学习过西餐礼仪的啊!"她把刀叉放在盘子上呈八字形;两个冰激凌球,一块黑森林蛋糕,吃饱了,她把刀叉并列放在餐盘上,两头指向钟表上10:00和4:00的位置。

小妞,很好,西餐礼仪,果然学以致用!

在拉斯维加斯的任何一次旅途,没有美食都是不完整的。今天,完美了!美美地睡上一觉吧,明天,又是新的一天!

一定要吃的美食

1. 地址：3570 Las Vegas Blvd.S.Las Vegas, NV 89109
2. 时间：周一至周日：7a.m.–10p.m.
3. 价格：50美元一位，儿童半价。需要提前预约。

关于拉斯维加斯

1. 拉斯维加斯（Las Vegas）是美国内华达州的最大城市，全世界最大的赌城，拥有"世界娱乐之都"和"结婚之都"的美称。它是因以赌博业为中心的庞大的旅游、购物、度假产业而著名的，是世界知名的度假胜地之一。

2. 拉斯维加斯的崛起：拉斯维加斯是周围荒凉的沙漠与戈壁地带唯一有泉水的绿洲，由于有泉水，逐渐成为来往公路的驿站和铁路的中转站。1905年5月15日，"拉斯维加斯"正式建市。内华达州发现金银矿后，大量淘金者涌入，拉斯维加斯开始繁荣，矿被开采完后逐渐被人遗忘。美国大萧条时期，为了渡过经济难关，内华达州议会通过了赌博合法的议案，几乎一夜之间，各地的大亨纷纷向拉斯维加斯投资建赌场，甚至日本的富豪、阿拉伯的王子、著名演员均来投资。1946年，拉斯维加斯出现了大型赌场。后来，这里汇聚了全世界最有名的酒店、餐厅、商店，还有独一无二的表演节目，每年到访的游客超过4 000万人次，75%是回头客。游览、娱乐、购物、饮食，全都24小时不打烊。为了吸引游客，拉斯维加斯的社会治安治理得非常好，对中了头奖的人，如果需要，由两名警察将其全程护送到在美国任何地方的家中。世界上十家最大型的度假旅馆在拉斯维加斯就有九间，最大的一家就是有5005间房的米高梅大旅馆及主题公园（MGM Grand Adventure Hotel and Casino）。博彩业和旅游服务业每年为这个城市创造数百亿美元的收入。

3. 气候四季分明，夏季是典型的沙漠性气候，正午的温度常常高达38℃左右，因为少雨空气较为干燥，旅途中要多喝水，并使用保湿用品。

Chap.5

游不够的科罗拉多大峡谷

"不管你走过多少路，不管你见过多少名山大川，这个科罗拉多大峡谷，色调是那么新奇，结构是那么宏伟，仿佛只能存在于另一个世界，另一个星球。"

——美国自然学家、探险家约翰·缪尔

  有人说,在美国的大街上,你如果随便抓来一个小孩子,问他这辈子梦想是什么?

  90%的小孩子会说:"去看 Grand Canyon(大峡谷)。"

  从拉斯维加斯出发去大峡谷,沿途窗外沙漠般的荒芜实在有些令人意外。比起1号公路上的十七英里湾的如诗如画,完全是截然不同的景象;如果非要打个形象的比方,十七里湾是个万种风情的曼妙少女,这条道路一定就是一个在大漠里流浪多年不归家的胡子拉碴的中年男人。

  因为大峡谷特殊的地理位置,沙漠边缘地带的砂石路成为我们的必经之路,路面上起起伏伏,不时地听得无数细砂碎石"沙沙"作响,空气间弥漫着飞扬的尘土,不过公路上的车辆依旧川流不息。长长的公路,穿过了荒凉的凯巴布高原,灰褐色的砂岩,单调的颜色尽显荒凉。或许,正是这些看似戈壁般的公路的隔离,才保住了拉斯维加斯城里的无尽繁华与彻夜的风光。

  还好,她对一切未知的世界都满怀着热情和憧憬,在她的世界里,泥泞不堪或者风景如画,根本就不重要或者无所谓,即使一粒石子或者一根枯枝,她都能饶有兴致地琢磨半宿。所有好与不好的分别,只源于她有没有找到好玩儿和不好玩儿的乐子。

  也许,在40℃的高温里去游览科罗拉多大峡谷,对她,本身就足够是一种挑战了。在世界最高的空中玻璃悬挂式走廊里行走,脚下是超过1 200米的悬崖深渊,她也毫不惧怕,非要继续上天鸟瞰下谷底漂流。一下机,她就对我说:"妈妈,我们也买架直升机吧!"

（1）救命的耶稣亚树和她想要的美啦啦树

先是灰色的荒漠，之后是黄灰色。戈壁上穿越的 2 个多小时，没有树，没有草，没有动物，甚至很难看到人。偶尔，几株一人多高的仙人掌才能透出点点的绿色。经过胡佛大坝之后，不时，远远地可以看到一些零零星星的平房，据说那是散居着的土著印第安人的屋子。

"那个是教堂吗？"她指着窗外一个挂有十字架的尖顶房屋问我。我不能确定如此地广人稀的地方是否会建有教堂，于是，我问了问我们的华人司机。

——"对，是教堂。"

"教堂边上连着的房子是有人住吗？"

——"那是一所小学校。附近的孩子都会在这里上学，周末教堂外还会有他们的集市。"司机告诉我们，虽然沿途的戈壁白天 40 多℃的高温，夜里没有太多的娱乐，留守这里多年的印第安原住民依然不愿意搬离。或许，他们正是在用这种方式来默默地驻守自己的家园。

"叔叔，这个也是仙人掌吗？"显然，司机大叔成功晋级为她的"度娘"了。还没等我回过神来，她已经直接去问司机大叔了。我端详着这会儿连续遇见的这一排一人高的植物，咖啡色的树干，墨绿色的针叶，有点儿像松柏，又像极了放大了的仙人球，只是刺好像更硬更长。我猜想着它是仙人掌科植

物中的某一种。

——"那是耶稣亚树,沿路上你还会见到不少。"

"它是耶稣家种的树吗?"

——"也许是的,当地人也把它叫作祈祷树,也叫救命树。空心的树干里面储藏着水,饥渴的人可以用它来救命。枝体长到两米以上就会自动枯死脱落。你看他们的树枝像不像一个人正张开双臂在祈祷?传说很久以前,耶稣委派耶稣亚带着弟子去传经布道,他们所带的干粮和水到第三天已经消耗完了,途经炙热干燥的沙漠,行走艰难,第四天,弟子倒在了沙漠里。第五天,沙漠上除了这种植物,别无其他,虚弱的耶稣亚已经不能行走,在神志不清恍惚中祈祷,他的眼前耶稣出现了,指着这株植物对他说:这就是上帝赐给你的沙漠里的面包和水!按照耶稣的指引,耶稣亚吃下了一株枝丫,渐渐地,体力恢复了,第七天走到了信众居住地,完成了耶稣交给他的任务!于是,沙漠里的人们把这株给了"耶稣亚第二次生命的植物称作耶稣亚树。它们还对保护沙漠防止水土流失很有用。"

"那有没有一种植物叫作美啦啦树?"

——"好像没听说过。"

"那能不能把这棵树用上我的名字呢?"她若有所思地说着。

——"如果有一天,你也帮助了很多的人,我们在家里也种下一棵树,就取名叫作美啦啦树吧!"

我给她许下了诺言。

关于胡佛大坝

　　在去大峡谷，沿途会经过胡佛大坝。胡佛大坝是一座拱门式重力人造混凝土水坝，是世界闻名的水利工程。人工湖名米德湖，据说是美国最大的人工湖，成为美国西南部的一个重要水源。坝下的科罗拉多河原本是美国最深、水流最湍急的河流。

　　有人说胡佛水坝是拉斯维加斯之母。这里原本是不毛之地，荒无人烟。美国经济大萧条时，总统胡佛作出了在此处筑坝将科罗拉多河截断蓄水的水利工程的决定。一方面解决荒漠的用水问题，另一方面用于提供大量的就业机会有利于经济复苏。建造胡佛水坝的时候，大批工人聚集在这里。水、电、铁路，为一座新城的诞生提供了条件。工人们在沙漠之中，没有任何娱乐，于是有人以赌博解闷。州政府为了吸引人气，居然在1931年把赌博合法化。于是，许多资本家前来投资建设豪华赌场，大批观光客也前来赌博。就这样，一座光怪陆离的赌城在沙漠深处迅速发展，以至于一跃而成为美国西部最大的新城。

　　如今，在胡佛水坝附近，还能找到残墙断垣、破败凄冷的小村庄，那里写着"Old Las Vegas"（拉斯维加斯旧城），那就是建造水坝时工人们的宿营地。而今，拉斯维加斯已经从一个沙漠小村成为了世界第一赌城，而胡佛水坝是打开拉斯维加斯之谜的一把钥匙。如今，拉斯维加斯成了不夜城，正是胡佛水电站的电力，点亮了拉斯维加斯那流光溢彩、五颜六色的霓虹灯。

（2）和印第安大叔交个朋友

大峡谷西缘终于到了！

著名的飞鹰岩、印第安人图腾般的"鹰石"，以及大名鼎鼎的空中玻璃桥都在这儿。站在悬崖边这座距离谷底约 1 200 米（4 000 英尺）高的半空天桥上，尽可以把大峡谷和科罗拉多河的风光收入眼底，只是有点儿惊心动魄的忐忑。其实，这里是华莱派部落 (Hualapai Tribe) 的领地，这个两千多人的印第安部落才是科罗拉多西峡谷的真正的主人。

乘坐大峡谷园区的穿梭巴士，来到西缘的第一站：印第安人私属领地。这里真实的还原着古老的土著印第安部落的全部生活。

印第安邮局、狩猎场、射击场、马车、粮仓甚至于监狱都一应俱全。半人高的木栅栏圈起的这片土地，周围被拉上黄线做上了一圈的记号。听说，这里未经允许是绝对不能随便进入的，否则，会误认为"私闯民宅"而引发部落族人的围攻，麻烦会很大。

我们在栅栏外徘徊着，一个身着艳丽传统服装、体态丰满的古铜色皮肤的印第安中年男人走了出来，站在大门口的耶稣亚树边上热情地向我们招手。

"妈妈，他是在叫我们过去吗？"印第安大叔示意她过去。

——"去吧，记得说 HOLA！"我把在秘鲁游历时学会的简单的西班牙问候语告诉了她。我们一起进入印第安领地。

戴着牛仔帽的中年男子走到了马场边上的射击场，她紧跟着径直走了过去，她现学现卖，大声地说了一句"HOLA"，并且主动伸出了右手去握住了大叔的手。

然后，她指了指大叔的猎枪。在英文技止此耳之后，她开始用上了肢体语言。我的天，胆子还真不小，我知道她一定是想玩儿大叔的枪了。

大叔指着长长的猎枪摇了摇手，随身掏出一把短短的手枪，对着对面的靶子做了个瞄准的姿势，然后把手枪递给了她，我的心里突然"咯噔"了一下，我立刻上前走去。尽管我是个大胆放养的妈妈，可万一枪走火可不是闹着玩儿的。

Chap.5
游不够的
科罗拉多大峡谷

"DON'T WORRY, LADY."大叔朝我又摆了摆手。我忐忑的心已经提到了嗓子眼儿上。

"砰——砰——砰"小妞已经按下枪膛了,可是我竟然看不到飞出的子弹,却又准确地听到了枪响的声音,我有些愕然。

大叔笑着耸了耸肩。

原来,这只是一个没有任何弹药的玩具枪,连声音也是伴奏。

大叔对她竖起了大拇指,然后给了她一个深深的拥抱,我立刻按下了快门。

走出大门的时候,她对我说,"妈妈,我想回去之后把照片冲洗出来,下次拿来给他。"突然,我有点儿伤感,下次她来的时候,他还在吗?但是我相信,若干年之后,印第安大叔一定还会存在她的记忆之中。

Tips 关于"华莱派"印第安部落

在印第安语中,"华莱派"指的是"高大松树丛中的人们",华莱派印第安人曾经拥有这里近 500 万英亩的土地,从南到北——大峡谷至圣塔玛丽亚河,从东到西——"黑山"至旧金山峰松林,"半沙漠"的科罗拉多高原,大部分是蛮荒裸露的台地和峡谷,至少经历了印第安人 3 000 年的居住历史。也许,正是如此艰苦的居住环境,而今,只剩下了科罗拉多河和大峡谷西缘地区这近 100 万英亩的土地,剩下的人口只不过 2 000 人。

如今,印第安族留下的崖居遗迹依稀可以还原那时的生活。她们在悬崖下的大空洞里筑屋而居,少则几间,多则几百间连成一片,一个洞就是一个村落。有的遗址的储食罐里还存有食物,地上还摊着没做完的活计。有学者用数遗址木材年轮的办法来计算年代,发现这些旧居在 13 世纪后叶相当兴盛,但 1 300 年前的,却一下子全都人去崖空了。人类学家大多认同这个说法:美洲印第安人几万年前从西伯利亚跨过阿拉斯加陆桥进入美洲,并带来了玉米、土豆、胡萝卜、西红柿,她们擅长农耕、渔猎和各种手工制品。每年,华莱派部落都会在崖居的洞穴里祭拜祖先。而大峡谷中的鹰石,如同一座巨大的天然屏障,它像一头雄鹰展开的翅膀保护着印第安人,远远地把印第安人和阿拉斯加赌城隔离开来。

Chap.5
游不够的
科罗拉多大峡谷

（3）玻璃桥上的步步惊心

"妈妈，前面那个像嘴里伸出来的大舌头一样的透明的玻璃是什么？"

——"Skywalk，空中玻璃走廊，很多人叫它'玻璃桥'。"

"走廊？桥？那就是说，那里是我们可以爬上去行走的地方，对吗？"

——"是的，你想去走走吗？有人说那是只有老鹰敢飞的地方。"

"想啊。但是，上面有老鹰吗？"

——"那可不一定，不过你可以去碰碰运气。你要去吗？"

"当然啦！"

——"玻璃桥的下面是很深很深的山谷，我们上去了就要走完，不能回头也不能后退。你确定你要去吗？"

"我——要——去！"

（提前打个预防针）

尽管她信誓旦旦地、斩钉截铁地要上玻璃桥，但是，我或多或少地还是有些担心。

既然，能满负赞誉的被喻为"世界第八大奇景""21世纪世界奇观"。2007年全球最瞩目的十二大旅游景点之首，一定不会仅仅徒有虚名。要知道，这个从大峡谷的飞鹰峰延伸出来的长七十多尺的U形玻璃走廊，除了94根埋入石灰岩的14米深的钢筋，就是这样上不着天下不着地的赤裸裸地悬挂在距离谷底约1 500米（5 000英尺）的半空中，没有任何地基支撑，即使成年人也会有些嘘唏；又据说，这座玻璃桥的高度比目前世界上最高的建筑还要高出一倍以上，已经让全世界所有的摩天大楼都黯然失色了。还有，在这样的高度里，一只皮球做自由落体运动，也需要 15 秒才能到达地面。

再形象一点儿，2007 年建成举行落成典礼时，数百名记者壮胆站上透明玻璃桥，不少男人都吓得有些腿软；有风吹过时，只有最大胆的几个人才敢不抓住钢制栏杆，更多的人是蜗牛般地在向空中玻璃桥移动脚步都小心翼翼，不约而同地向主办方要求背降落伞或拴保险带，甚至有人笑言，可能只有长出翅膀才能保证安全。即使是曾随"阿波罗 11 号"升空、美国第二位踏足月球的 77 岁前航天员奥尔德林也忍不住感叹："我感到太惊奇了，我仿佛浮在空中。"

忐忑的空中漫步

在弯弯曲曲、没有铺柏油的道路上行驶了一大段，才来到这里。车外仿佛电影大片里的墨西哥荒野。

入口是一个印第安饰品店，售卖着各种手工艺品，十多米的通道之后，我们进入了等候区。L 字形的墙面上镶嵌着百十来个带锁的寄存铁皮箱，免费供大家用于存放随身的物品，相机、手机等所有的电子设备都是不能携带入场的。

所有的游客们按照先后顺序被分成若干小组，每一组被赋予着不同的阿拉伯数字；我们与几个来自西班牙的伙伴组成了一组。

我坐在大大的阳伞下闲聊着、等待着，她在阳伞下追逐着刚刚结识的小伙伴。

"NO.6"，黝黑的印第安大叔呼叫着，大约十分钟后，轮到我们了。

又是一轮安检，印第安大叔前前后后目测了一圈，我们终于可以正式进入了。

经过一条十来米长、一米来宽的狭长的过道，我们终于要踏上悬崖边上的玻璃桥了。玻璃桥宽大约 3 米，被均匀地分成三道，中间的极其透彻，低头就是看不到底的深谷，左右两侧的边道呈半透明，或许是为了让胆小的人也能放心地走过。

她站在玻璃桥的中间道上，我站在她的身后，她先迈了右腿，然后用脚尖轻轻地蜻蜓点水一般试了试桥面，立刻退了回来。她一声不吭，我也一言不发，我静悄悄地看着她，她忽然拉了拉我的手，我知道，现在，她是在向我求援了。我走向前去，迈出了我的右腿，紧接着，她也迈出了她的右腿。渐渐地，她松开了我的手，甚至于，带着小跑的雀跃。

这一刻，我们的脚下，只有玻璃。玻璃之下，就是千米深渊。

玻璃的厚度比最长的手指还要长

"妈妈，玻璃的厚度比最长的手指还要长！"她好像发现了新大陆。

顾名思义，玻璃桥的桥面当然全部是玻璃制成的，只是，在这里，玻璃是这个桥面的唯一的元素。大块大块的玻璃之间留有小小的间隙，她伸了伸手，试探着把手指插入了缝隙中，只是，最长的中指也还没有玻璃厚度的一半。

大峡谷强烈的对流、恐怖的大风曾经让任何普通桥梁都无法安身，这个地方，号称"世界最不宜造桥之所在"。然而，2007 年，一个从构思到建成历时 10 年、耗资 3 000 多万美元的空中建筑不但能抵御 8 级地震还能抗住时速高达 160 千米的强风的超乎想象的 U 形玻璃桥却在悬崖边落成了。

向大峡谷悬崖以外延伸 21.34 米，完全悬空于科罗拉多河 1 219 米之上，整座桥重 48.5 万千克，相当于 4 架波音 757 的重量，可承载相当于 71 架满员波音 747 飞机的重量，还能承受时速 160 千米的狂风。虽然桥上每次只允许上 120 人，而实际上完全能承载 700 个壮汉。

94 根埋入石灰岩 14 米深的钢筋默默地撑起了这座悬臂桥，并将 3 个振动阻尼器嵌在中空的桥梁中，每个阻尼器都是一块 1.45 吨重的钢板，通过上下运动来消除脚步和大风带来的振动。据说,整个走廊的安置作业使用了精巧复杂的滑轮系统,连接着四部牵引式拖车;施工的时候,鞋状水压机把天空步道抬起,底下是混凝土轨道,轨道上满是金属条,逐步将步道往峡内推进。四根固定用的钢条深深凿入大峡谷岩壁,工人再把步道与钢条焊接起来。步道推往大峡谷时,便不再靠峡谷岩壁固定,为了保持平衡,工程人员在另一端放了大约227吨的钢块。2011年4月第一次翻新,整个玻璃置换翻新过程耗时近1个月,全部玻璃在西班牙制作完成,共46块玻璃嵌板,用于置换的玻璃每块重达816千克,长1.2米,宽3米,厚7.6厘米,相当于一辆老款甲壳虫汽车的重量,每块玻璃能承受800人的重量。所有玻璃是

全部根据空中玻璃走廊不同的角度和弯度量身定做的,每块都是独一无二的。

谁在切外婆家的腊肉?

她沿着玻璃走廊从这头走到那头,又从那头走到这头。

"妈妈,你看,前边有好多好多的腊肉!"

——"腊肉?"腊肉是怎么逃过安检的呢?我还没回过神来。

"我是说这些大石头,好像是被切出来的外婆家里的一块块腊肉。"

我们靠在峡谷玻璃桥的边缘,她顽皮地摆弄着各种造型让桥上的摄影师

拍照。这里确实是绝佳的观景地，可以以720°的角度欣赏大峡谷奇观，往下看，峭壁深不可测，绵延雄浑的红色峭壁尽收眼底，谷内的千沟万壑，如同被斧头刚刚砍过的一道大裂痕，露出里面斑斓的层层断面；向前望，大片大片的几何线条组合的平面图伸向远方，远无尽头，有点儿胆寒心悸，又会叹为观止。

有人说，玻璃桥的寿命可能不会很长。3.5亿年历史的石灰石构成的岩壁尽管具有极强的抗腐蚀性，但周期性的岩崩是不可预知的；加上当地气候

干燥，通过钻孔方式固定在岩石上的空中走廊，有可能使岩石热胀冷缩的程度加剧，很快就会威胁到建筑的安全。有人甚至根据经验判断"大约15~20年，这座桥就会塌下来。"不论如何，在这有可能的15~20年还没到来的时候，我们提前来了，美美地感受到了大自然鬼斧神工的魅力。

的确，"只要有足够的胆量，就可以站在这座透明的空中天桥上，在心惊胆战的刺激中将美国大峡谷的风光尽收眼底"。

而，孩子的胆量，绝不亚于成年人。

关于玻璃桥

1. 大峡谷空中玻璃走廊的构想源于拉斯维加斯华裔企业家金鹉，他在携家人去大峡谷旅游的时候被当地震撼人心的自然风光深深打动，下决心"要让世人从一个最精彩的角度欣赏到这样无与伦比的景色"。 由于天桥位于印第安华莱派部落的保留地内，这个观景平台在修建之初遭到印第安部落许多老人的反对，于是，他邀请当地的华莱派部落与他合作建设这个项目。拉斯维加斯其他的一些部落都把经营娱乐场所作为主要的经济来源，而华莱派部落因为位置偏远，无法依靠经营赌场获得经济来源。于是，华莱派部落同意了建造空中走廊，他们希望能通过这座玻璃走廊来获得更多的经济来源，按照协议，这座玻璃走廊归华莱派部落所有，而在建成使用后的25年里，大卫·金将分得门票收入的一半。

2. 空中玻璃走廊于2007年3月28日正式开放给公众。2012年2月，当选美国《旅游休闲》（Travel & Leisure）杂志评选的"2012最佳新地标（Best New Land-marks）"，并位居"最佳新桥梁建筑（Top New Bridges）"类别票选首位。

3. 每次只能安排80~120人上去，需要耐心排队；桥上悬空观景有时间限制，停留时间不得超过15分钟。

3. 进入此观景台，不能携带随身包、相机手机等电子设备，可免费存入等候区的寄存箱，桥上有专业的摄影师，可帮助拍摄照片，待走完玻璃桥后可在门前小屋里电脑前选择照片购买。

（4）上天下海不害怕：第一次坐上插了竹蜻蜓的飞机

"宝贝，我们的下一站是在飞机上看大峡谷。"

——"妈妈，是那种插上了哆啦A梦的竹蜻蜓的飞机吗？"

"答案一会儿揭晓，到了你就知道了！"

因为烤鸡，想做印第安人

自从看过《哆啦A梦》的动画片后，美啦啦满怀憧憬自己能拥有一个竹蜻蜓，可以像哆啦A梦和大熊一样想去哪儿就去哪儿。以至于每次在绘图本里看到直升机，她总会把她描述为"那种插上了竹蜻蜓的飞机"。

预约的飞行时间是 14：00。

从玻璃桥走下来，已经 13：00 了。我们需要在 1 个小时内吃完午餐，并且赶到直升飞机营地。午餐有三个选择，我们选定的是土著印第安餐：半只烤鸡，一份土豆泥，半截玉米，一份饼干。橄榄油、柠檬汁、大蒜腌制后的童子鸡用炉火烤到外焦里嫩，外皮焦脆肉却鲜嫩多汁，不用多说，这显然是她的最爱，根本还顾不上洗手，她就抓起一只鸡腿三下五除二地啃了个精光，就连一向大爱的土豆泥也勾不起她的兴致了。

"妈妈，印第安人平时也吃这些吗？"

——"是的，烤鸡、土豆和玉米是他们的主食。"

"妈妈，我想成为印第安人。"

——"好，有空的时候吧，我们快迟到了！"

"我的妈妈，难道你不知道吗？"

我们立刻跳上了园区的穿梭巴士，大约 5 分钟的车程，来到直升机营地。印第安女服务员在门口迎候我们。在陈旧得有点儿泛黄的小平房里，售票登记处、候机厅被连在一起。

　　不论大人或者孩子，每人都需要自己手持护照在窗口挨个儿登记。柜台前有一个方形的体重计，用来计量上机乘客的个人重量，当然，记录的数字包含乘客的体重与随身携带的物品及随身包的总重量。这个数据非常重要，将被打印在一张 A4 的纸上，登机时交给飞行员作为机上座位的分配与组合的依据，最终保障直升机的平衡和安全。所以，绝不会出现一架飞机上全是大胖子的情况。

　　每个人的手腕儿上被系上一个淡绿色的印有条形码和阿拉伯数字的纸质手环——就像孩子出生时，医院给大人和孩子系上的出生环。阿拉伯数字是飞机的代码，用来识别航班的信息；条形码里记录了包含乘客护照号、体重、国籍等重要的个人信息。

　　相对于壮美的大峡谷，直升机停机坪显得实在不起眼。不过，这里每天都有几十架直升飞机轮番起飞降落。

　　安全员看到穿着亲子装的我和美啦啦，显然有些格外的照顾。

　　"Welcome to the Grand Canyon. Where are you from?"

　　——"China." 美啦啦开始炫耀她的英文了。

　　"Welcome! What is your favorite color?"

　　——"Red." 她毫不犹豫地回答。

　　"宝贝，蓝色不是一直都是你最喜欢的颜色吗？怎么现在是红色了？"我有点儿不解。

——"我的妈妈,难道你不知道吗?这里根本就没有蓝色的飞机啊,你看,只有白色和红色。他问我们颜色,一定是想着挑一架我们喜欢的颜色的飞机给我们。"

我在无语中等待答案。

3分钟后,安全员果然为我们调度了一架红色的直升机。她得意地冲着我笑,像个精灵。

安全员把我和美啦啦安排在了副驾驶，另外的组员被安排在了后座。加上飞行员，我们的飞机总共5人。安全带被再次核查完毕后，准备出发。

睁开眼睛，克服恐惧

安全带有横向斜向两条，牢牢将我捆在座位上，机顶上的螺旋桨开始旋转，不一会儿，飞机已经离开了地面来到峡谷上空。

"妈妈,竹蜻蜓开始飞了!"

"妈妈,你往下看,我们的脚下是透明的!"

"妈妈,我又看到外婆家的腊肉了,好多好多,好大好大啊!"

……

用不着我问她的感受,她已经迫不及待地开始给我讲解了。在长长的峡谷当中,一架一架的直升机像蜻蜓一样轻盈地飞翔。飞机在空中飞翔盘旋,一会儿升高,一会儿降低,距离地面已经越来越高了,突然间,飞行员来了个急转弯。她突然不说话了,我侧过头去,这一刻,她已经悄悄地把眼睛闭上了。

"下面的风景真美啊!"我望着她说,"你看到了什么吗?"

她还是没说话,只是一个劲儿地紧紧地抓着我的手。

"宝贝,我可是看到了铁红色的大峡谷崖壁,红色和黄褐色的砂岩,你看这个腊肉的颜色与外婆家的好像开始不一样了!"我故意地描述着窗外的美景,她依然无动于衷。

"宝贝,外面很美,看看吧。"

——"妈妈,太高了,而且飞机还转转转,我害怕!"

"没事儿,有妈妈在,什么都不怕,勇敢地睁开眼睛,外面很美。"

我拍拍她的背,拉着她的手,她慢慢地睁开了眼睛。

——"是和外婆家的腊肉不一样,因为多了个绿色。"尽管几乎没有泥土,依然长有植被,彩色岩层上生长着星星点点绿色植物,画龙点睛一般地点缀着。她看到了这一抹抹的绿,我知道,她已经克服了恐惧。

飞机在高原上飞行几分钟后就到了峡谷上空并逐渐下降沿着峡谷的走向飞行,纵然悬崖峭壁,却粗犷壮丽。也许,亿万年前,这里也同喜马拉雅山一样,曾是一片汪洋大海。坦如桌面的高原上的一道大大的裂痕,那便是科罗拉多河刻在这片洪荒大地上的印迹,蜿蜒的裂谷犹如美人身上的一条美丽的纹身,毫不吝啬地在阳光下炫耀着。

有人说,在太空唯一可用肉眼看到的自然景观就是科罗拉多大峡谷。数千年的侵蚀和风化,早已千姿百态,红色巨岩断层,岩层嶙峋,鲜红、土黄色、深赭、暗绿、黝黑、灰褐……目不暇接,稍纵即逝。伴随着不同角度阳光的折射,层层叠叠的山岩露出了层层断面,峡谷两壁呈现出不同的色彩。"它的色彩和构造的宏伟多样是世上所无的,就像是人消亡以后在别的星球上发现的东西。"有的尖耸如塔,有的平如桌,时而像蜂窝又时而像蚁穴;或者茕茕孑立,或者鬼斧神工。峡谷一望无际,根本看不到尽头。

　　接近3千米的科罗拉多大峡谷,要想一眼看遍她的全貌是不可能的,据说,至今无人见过它的全貌。即使从高空俯瞰,即使在视野最好的地方,看到的也只是这条大地的裂缝中的一段。

　　即使终日徘徊其间,也只能窥其壮丽景观的一角。峡谷壁的地层断面一层一个时代的纹理更加清晰了,由于峡谷两壁的岩石性质和所含矿物质不同而呈现出变化的色彩,因为铁元素含量较高,于是橘红就成了主色。或许,唯有搭乘直升机鸟瞰,才能被这壮阔的峭壁悬崖连绵起伏的断层面所震撼,庄严、静穆,在这地球的巨大裂缝面前,人类显得多么的渺小,只有大自然的生命力才会强盛不衰。绵长的科罗拉多河,就在我们的脚下!谷底是那条红色的河流,呈一条带状,谷底流淌,在阳光照射下,无比艳丽。

　　"妈妈,我看到了一只大大的乌鸦。"窗外,一直乌鸦正伸展着翅膀在峡谷的边缘盘旋,寻觅着游人可能掉落的面包食物。在它的衬托下,天空,显得更空旷了。

　　盘旋了一圈,慢慢地,飞机开始下降了。距离越近,这条河流显得越发湍急,河水滚滚,波涛汹涌。要知道,在2002年权威的美国《国家地理》

杂志的野外记者的"关于美国最刺激、最富有挑战性的100项探险活动"的评选中,沿科罗拉多河乘橡皮筏全程漂流大峡谷名列榜首。不过,这一次,我们是乘船漂流。

飞机停在了河边的一小块空地上,此时,我们已经下降了约1 200米(4 000英尺)抵达谷底。身边的植被也变成了各式各样的仙人掌,偶尔还能看到蜥蜴穿梭在身边。这是它们的领地,我们只是过客。

直升机鸟瞰大峡谷小贴士

1. 乘直升机鸟瞰罗拉多大峡谷是来到这里一定要尝试的项目,也是我最推荐的项目。唯有在空中,才能真正感受大峡谷的气魄与真实。

2. 门票:210美元/人,没有儿童票与成人票之分。可去网上预订门票预约飞行时间段,省去排队的时间。

3. 直升机飞行一周后,将在谷底降落,游客乘船河中漂流,大约半小时后,飞机回来接回营地。

Chap.5 游不够的 科罗拉多大峡谷

（5）红红的石头煮了一大锅红红的热汤

飞机在谷底的一个平地上稳稳地落下，走出机舱，一股股的热气顿时迎面扑来。

谷底与峡谷之上相比不但温差大，而且更加的干燥。河滩距离山谷还有一段距离，顶着酷日踏在红色石岩上，我们仿佛被架在了火炉上 BBQ 一般的烧烤着。

"妈妈，这个牌子上有中文！"她惊奇地大声说。"不过，我好像不认识。"
——"桥面滑溜，请紧握扶手。"下坡的石子半路上，有一间没有大门的木屋，木架子上挂着一个写有中英文的警示牌。
"妈妈，我觉得我好像在红彤彤的烤箱里。"
——"闻到烤鸡翅的香味了吗？可不是每天都能到烤箱里来的哦！"确实，我们脚下踏着的、身边环绕着的全是火红火红的岩石。她突然停了下来，用手摸了摸地面。我学着她，也摸了摸地面。据说岩石并不统统都是坚硬如钢的，其中那些脆弱的部分，经不住风吹雨打或激流冲击，时间一长便消失得了无踪影，突然想起那句话"你见证着一个美景的垂暮，下次来访时它也许就不存在了"。
"可是，我的脚底滚烫滚烫的，我在烤炉里快要融化了。"

沿着小路一直走到河滩的码头上才有船，先是一个很陡的扶梯，之后是木梯，再穿过干燥的一小片低矮的灌木树丛之后，才能见到河里的船。各式各样的仙人掌，偶尔还能看到蜥蜴穿梭在身边。印第安姑娘老远就张开笑脸迎接我们的到来，船夫已经伫立船中等候了。橙色的小船靠马达驱动，船舱不大，最多能坐下 10 个人，船顶有一个深蓝色的遮阳棚。偶尔刮起的风，在山谷里回荡着。

船越来越快，河面越来越宽敞，河水却流动得越来越快。两岸荒芜的岩石、仙人掌或者耶稣亚树、冰冷的河水和湍急的水流，仿佛一下子把我们带回到亿万年前那遥远的年代。船夫用吊桶打起一桶河水让我们洗手，说能带来好运，她把手伸到了桶里，她似乎想抓起一把水。

"妈妈，他们用红红的石头煮了一大锅的红红的热汤。"
——谁？
"可能是印第安部落的长老。"

其实，由于河水中夹带了很多很多的泥沙，红土的含量很高很高，所以河水变成了红色。

仔细想想，她说的没错，科罗拉多河水就是大自然烹饪出的一锅美味的浓汤。

关于科罗拉多大峡谷

毫无疑问，大峡谷（The Grand Canyon）绝对可以称得上是世界旅游者心目中的一个圣地，位列"人一生必去的50个地方"，世界七大自然奇观之一；对于孩子，这就是一座活生生的自然博物馆。仿佛看上一眼，十亿年的历史就尽在眼前！

历经了无数个世纪，冰河时代一直到现在，科罗拉多河不断地侵蚀大地，科罗拉多河在科罗拉多高原上共切割出19条主要峡谷，总面积为2 724.7平方千米，其中最深、最宽、最长的一个就是科罗拉多大峡谷。它全长446千米，是世界上最长的峡谷之一。在西班牙语中，"科罗拉多"指的就是"红河"，因为河中夹带大量泥沙，河水常显红色，于是被美其名。峡谷顶宽6至28千米，最深处1800米，大约有500层楼那么高，谷底两岸的宽者小于1千米，窄处仅120米。整个高原犹如被切割的奶酪，顶部平坦侧面陡峭，呈现出"桌状高地"，两侧红色的谷壁呈阶梯状，谷底至顶部，沿壁岩层色调各异，满是生物化石，峡壁上刻着地球变迁的历史，——大约有1/3地壳变动的历史被深深地记录在石壁上，谷底的岩石大约经历了二十亿年的岁月变迁，是地球年龄的一半。

大峡谷的起源有多个版本，据说在十六世纪，一个叫科罗拉多的人为了寻找传说中的七座黄金城，千山跋涉最终到达此地并发现了大峡谷，于是，大峡谷以科罗拉多来命名。印第安人传说，大峡谷是在一次洪水中形成，当时上帝化人类为鱼鳖，始幸免于难，因此当地的印第安人至今仍不吃鱼。还有人说大峡谷是19世纪早期被诱捕野兽的猎户们在狩猎时发现。不论如何，大峡谷的真正名扬于世要归于美国独臂炮兵少校鲍威尔，1869年，他率领一支远征队，乘小船从未经勘探的科罗拉多河上游一直航行到大峡谷谷底，他将一路上惊险万状的经历，写成游记，广为流传，1890年的时候，这里还是高山、草原，后来因为过度放牧，生态环境本来就脆弱的半干旱草原变成了灌丛和荒漠，1919年美国国会通过法案，威尔逊总统将大峡谷中长约170千米、面积2728平方千米、最深的一段峡谷辟为国家公园。之后的100多年来无数的美国探险家追随着他的足迹在大峡谷里挑战险滩，搏击急流。1980年列入世界遗产名录。1903年美国总统西奥多•罗斯福来此游览时，曾感叹地说："大峡谷使我充满了敬畏，它无可比拟，无法形容，在这辽阔的世界上，绝无仅有。"

Chap.6

我有10美元

拉斯维加斯开往洛杉矶的路途稍微有点儿远，连续的车程会很疲惫，我们打算把途中的巴斯托小镇（Barstow）作为休息点。我不是购物狂，不过不得不承认，骨子里女孩天生爱购物的天性依然未泯灭。所以，39家专卖店组成的工厂直销店（Outlets）被我设置成了我们导航的目的地。

妈妈，你先喝

吃吃、逛逛，妈妈shopping一下，喜欢凑热闹的她乐滋滋的。

"妈妈，你去购物，我干吗呢？"

——"你陪着我购物呗！"

"我也想购物，我可以购物吗？"

——"你有需要购买的东西吗？"

"那你有需要购买的东西吗？"我愕然。看来，以身作则很重要。

——"我看看，如果有中意的就买。"

"我也看看，如果有我中意的你就给我买吧。"

——"这样吧，今天给你一大笔零花钱，你可以用来购物，也可以攒起来以后花。"

"好啊，好啊。"我给了她一沓钞票，共十张，每张面值1美元，总共10美元。她的小脸笑成了花，要知道，这可是她人生之中的第一笔大额零花钱。她认真地把钱整齐地叠好放到了她的书包里。

此刻，在她的眼中，品牌之间是没有区别的，比如Coach与Polo，只不过一个是卖包包的，一个更多的卖的是衣服。显然，包包对于她没有太多的诱惑。

"有需要购买的吗？"我问她。

——"这些都是大人们的包，我喜欢的是我背着的hello kitty的猫猫包。"我们空手走出了Coach专卖店。

"妈妈,我想喝一瓶饮料。"在饮料自动售卖机前她停了下来。

——"那边有直饮水,免费哦。"

"可是,我很想尝尝这个,用我的零花钱,好吗?"

——"1.5美元哦。"她拿出2张纸币,一张张地塞入售卖机的投币口。"咣当"一声,一只瓶装饮料落了下来,接着左侧落下找回的硬币。她满心欢喜地把零钱放回了书包里,打开瓶子。

"妈妈,你先喝。"

——"好。"我刹那间被她感动得眼里湿漉漉的。

"我挑的这个好喝吧!你觉得这是什么味道啊?我觉得是柠檬味的!"

——"嗯,好喝!"这一口的饮料,我竟然喝不出是怎样的滋味,只觉得很好喝,很好喝,很甜,很甜,一直沁入心底里。

亲爱的宝贝!妈妈爱你!

关于 OUTLETS

1. Outlets:最早诞生于美国,迄今已有近一百年的历史。Outlets 最早就是"工厂直销店"专门处理工厂尾货,后来逐渐汇集,慢慢形成类似 Shopping Mall 的大型购物中心,并逐渐发展成为一个独立的零售业态,以售卖打折商品而闻名。

2. 买:巴斯通奥特莱斯位于洛杉矶到拉斯维加斯途中的小镇 Barstow,距离洛杉矶 100 英里处,有大约 40 余家品牌的折扣店,可以节省至少 30% 的费用,包括:Polo Ralph Lauren、Bass、Coach、Old Navy、Gap、Nautica、Quiksilver、Reebok、Timberland、GUESS、CK 等。埋单需要出示护照号,可使用信用卡。

3. 吃:周边有西餐简餐汉堡和比萨以及中式快餐熊猫连锁店。熊猫餐(Panda Express):1983 年,一对来自江苏的父子在加州的一个商场中开了第一个餐厅,如今超过 1500 余家熊猫餐厅几乎遍布全美 42 个州各大校园及主题公园中,价格不贵,一般 10 美元以内可以吃到一个饭两个菜的套餐。

Chap.7

HIGH 翻迪士尼

曾经，那里还全是平坦的土地，没有河流，没有山岳，没有城堡，也没有火箭船——只有橘子林和几英亩核桃树。后来，忽然被一个叫作沃尔特·迪士尼的美国动画片大师施了魔法，这里成了"地球上最快乐的地方"，这里是加州迪士尼乐园，一个游客不绝的梦幻世界。60 年间，全世界不计其数的成人和孩子来到这里，其中有总统、国王、王后和世界各地的皇室成员。

"这是世界上最快乐的地方，你要更快乐哟！"

（1）The line

暑期的迪士尼，很热闹。洛杉矶的迪士尼，作为世界上第一座迪士尼，她的魅力自然是无可比拟的。园区里到处是穿着各式夏令营制服团队出行的大大小小的孩子们，当然，大多数都是本土的孩子。

"The line？"
——"yes."

排队候车、排队检票、排队玩儿……排队与秩序，是这次行程中感受到的最深刻的体验，每一个地方，不必强调大伙儿都会自觉遵守的规则，对于美啦啦，这绝对是一次不可多得的实践课。在人群中，她会自觉地排队，在搞不清等候的队伍在哪里的时候，她会现学现卖和着肢体语言来上一句"The line？"

园区的接驳车一辆接一辆穿行着，很快，我们上车了。6人一排，5分钟不到，已经到了检票口。

（2）那个铜像是谁？

进门就是美国大街（Main Street USA），这一刻，我们来到了1900年初期的美国，街上商店林立，热闹非凡，房屋、街灯、街道完全仿造100多年前的美国街景。街心花园，一尊高高的沃尔特·迪士尼的铜像耸立中央。

"妈妈，你是说我们来到了100多年前吗？"
——"是的，有没有穿越时光隧道的感觉呢！"

"可是我们没有哆啦A梦的时光宝盒啊，怎么穿越？"她已经把哆啦A梦与米妮实现了串联。
——"这条街道是按照100年前的模样建造的。"

"那是谁？"
——"米老鼠之父。"

"就是说,他是米妮米奇的爸爸吗?"她走到铜像跟前,崇拜地转了一圈。

——"是的。他创立了迪士尼王国。"

"可是,他们长得一点儿也不像。米妮米奇有大大的耳朵,他都没有。"

——"你的米妮米奇还有迪士尼的朋友,都是他创作的作品,所以称作米老鼠之父。"她点了点头,似乎明白了。

有人说,迪士尼是自达芬奇以后,绘画界最显赫的人物。我也伫立到了铜像的跟前。

"米老鼠是一个好好先生,正直诚实,从不害人,富于冒险精神,而又像童稚一样缺乏世故,他常身陷困境而面带笑容,最后总能转危为安。"正是一个这样的米老鼠,为全世界的人带来了欢乐,为人们带来了心灵上的慰藉,也许,这是迪士尼比世界上任何一位心理医生都更伟大的原因之一。

关于米老鼠之父

沃尔特·迪士尼(Walt Disney),1901年12月5日生于芝加哥。童年时代在密苏里州的一个农庄度过,他在那里熟悉了各种畜、禽和其他动物的习性。上学后显露出绘画天才和打工赚钱的本领。18岁时不顾父亲的反对,离家出走去实现他当漫画家的梦想。不出一年,就和一个人合伙开了一家广告公司。不久,他投入到另一家卡通电影广告公司,1922年,他21岁,他筹资组建了自己的"欢笑卡通公司",开始按自己的风格拍摄真正的卡通故事短片。事业并不顺利,有时他唯一的一双鞋拿去修理,却穷得没有钱去取修好的鞋。1923年,迪士尼提了一只假皮皮箱,里面除了一件衬衣、两件内裤、两双袜子以及一些绘画用具,别无他物,只身去闯好莱坞。他向好莱坞的多家电影公司提出请求,均遭拒绝。在身无分文的情况下,他不得不重操旧业,并动员他的一个哥哥和他成立了"迪士尼兄弟制片厂"。1928年《米老鼠》系列第一集上映。1932年,首次推出的彩色卡通片《花儿与树》和《米老鼠》系列分别获奥斯卡金像奖。1933年,卡通片《三只小猪》引起轰动。1937年,《白雪公主》获奥斯卡特别金像奖。1940年,《木偶奇遇记》和《幻想曲》先后推出。1942年《小鹿班比》上映。

（3）第一次用英文搭讪

哇！笑脸，又是笑脸！整个园区，似曾相识。到处都是戴着迪士尼帽子、发卡的大人和孩子们的笑容。

"妈妈，我想像他们一样！有米老鼠的大耳朵。"
她目不转睛地望着园里戴着迪士尼 cosplay 装备的来来往往的人群。

——"可以啊，那你去问问他们，怎么才能拥有米老鼠的大耳朵呢？"
"用英文吗？"

——"中文英文都行，只要问到就好！"

"不知道他们会不会中文啊。那还是用英文吧！"说罢，她冲我做了个鬼脸。

"Excuse me。Can you help me ？"她径直走到一个头戴迪士尼发卡的长发女孩儿边上，哈，她在迪士尼开始了人生中的第一次搭讪。

——"Yes."

"Where can I buy it ？"她指了指女孩头上的发卡。

——"Hairpin ？"

"Minnie。"我想，按照她目前的词汇量是不足以知道 Hairpin 是发卡的英文的。

——"Store，Every store you can buy。"女孩把头上的发卡取了下来。

她一脸的茫然。我在一旁静静地看着。她看了我一眼。我朝她点了点头。

女孩拉起她的手，带她走到了十米之外的商店里。我目送着她们。

不一会儿，她跑了回来，拉起我的手，"妈妈，我看到了，在前面那个商店里有好多好多。"

美国大街上，或者每隔百十来米的主题景区边上，就有一个迪士尼用品商店，售卖印着迪士尼各种动画人物的肖像的帽子、衣服、包、水壶等专属物品。第一件迪士尼礼物源于1930年，一个名叫乔治·博格费尔特的纽约商人，为了给自己孩子准备圣诞礼物，他花了300美元向迪士尼购买了米奇和米妮形象在玩具、书籍和服装上的使用权，他的孩子把礼物带到学校的时候，赢得了大家的喜爱，从此，迪士尼肖像的各种商品诞生了。接着，沃尔特·迪士尼授权纽约的拜博兰出版公司出版发行米奇的出版物。

她拿着一个粉色的米妮的帽子在镜子前试了试，又换了一个普路托的帽子，接着把普路托的放了回去，再拿起一个中国红的米妮的发卡。

"妈妈，两个我都喜欢。"

——"可是，我们现在只能买一个。"她嘟着小嘴。

"好吧，那现在买这个粉色的，一会儿再买那个红色的。"亲爱的，我们是在玩儿脑筋急转弯还是做文字游戏呢？

——"不如，我们一人买一个，然后我们可以换着戴。"我拿起发卡试了试，还真是可爱。于是，和她讨价还价。

"好啊，那我们总共还是有了两个，对不对？"

这不仅是一次愉快的搭讪，更是一次快乐的妥协。

Chap.7
HIGH 翻迪士尼

（4）走到尽头，去米奇家做客

  疯狂茶杯就在旋转木马的边上，刚刚坐在马背上转了一圈，又在彩色的杯中任凭着旋转，好像要把我们转入梦想。

  谁说这里只是孩子的乐园？小小世界里的成人更比孩子多。

  这就下水了！我们俩坐在船的第一排，伴着美妙歌声，缓缓驶入缤纷梦幻的另一个世界。

  冰天雪地的北极，北极熊和爱斯基摩人在哼着歌儿垂钓。"欧洲"，缤纷色彩世界就在眼前，灰姑娘和王子也来了；神秘的阿拉伯配乐里阿拉丁神灯若隐若现；还有广袤无垠的非洲大草原里的狮子王。亚洲，穿着传统中国服装的姐妹正在放风筝……像极了宫殿，河的两岸，伴随着不同言语的解说，数百个木偶人吊在空中，不同形态不同大洲大洋不同场景，好像一次环球之旅。

  一直走，一直走，这就是她最爱的米奇之家了。乐园的最深处，一个卡通至极的小镇，挂着大大的牌子"Mickey's Toontown"。右手边上几座线条夸张的、色彩明艳的、精致的房子，门前聚集了好多人，原来，这就是米妮和她的朋友们的家了。米奇和米妮各有一座带花园的小"别墅"。

  "不知道米妮米奇在不在家呢？"

  ——"排队进去看看吧。"

  屋子里的小家具都放大了很多倍，和动画片里的一模一样，先是客厅，

客厅里有沙发、电话、书柜,往里走是卧室,米妮每天早上在这梳妆台前扎蝴蝶结吧,还有米妮的单人床、钢琴……实在可爱。

"妈妈,她的床好硬啊!"她半躺在米妮的床上,"怎么还没见到米妮呢,是不是出门了?"

——"别急,可能在里屋吧!"

继续往前,到了米妮的厨房,简直太逼真了。餐桌、冰箱、洗碗机、烤箱、锅碗瓢盆一样不缺。她走到打开的冰箱看了看,水果、面包装得满满的;烤箱里正在烤着一盘大约9寸的戚风蛋糕,拨动上方大按钮,不一会儿,扁扁的蛋糕已经膨胀得两倍大了。右侧的洗碗机,不停地发出水冲刷碗碟的声音。

"妈妈,米妮在屋后的花园里!我终于找到她了!"她好像发现了惊天的秘密,大声地叫我,言语中兴奋不已。

——去和她握握手吧!

"要排队的,这里好多人呢!"穿着红裙的米妮正站在花园里,热情地招呼着这么一个远道而来的朋友。

"one-two-three!"她微笑着和她魂牵梦绕的米妮拥抱合影,她的4岁的梦想实现了!

Chap.7
HIGH 翻迪士尼

牵手,去美国
世界那么大,带上孩子早点出发

（5）舍不得离开的海底总动员

除了寻找到她的米妮，潜艇旅程 Finding Nemo Submarine Voyage——这是整个迪士尼之行让我们最惊艳的。

天很热，队排了很长，有工作人员时不时地过来给大家喷雾降温。据说，1998年的时候泻湖区项目曾经被关闭过，因为迪士尼乐园高管当时认为它太昂贵，于是，这里泻湖站废弃，装满了水，但空荡荡了整整数年。多年来，许多谣言四处传播。直到2005开始水被排出，海底总动员海底航行被建设，2007年才得以开放。

流线型的潜水艇周身柠檬黄，浅浅地浮在水面上，领航室看起来还不到1米高。终于开始登艇了。沿着一个1米多高的梯子，我们下到了艇的底部。右边红色铁架上有几只木偶海鸥，会突然动动脑袋和大嘴大喊：Mine！Mine！与电影《海底总动员》里一模一样。在座舱里，找了个座位坐下，透过艇壁上的小圆窗可以看到外面的世界。

潜艇离开了船坞，正式起航了！慢慢地开始降到水面以下，舷窗外，水缓缓地流过，一个个密集的小气泡上升，然后是一个接着一个的海鱼、海藻、珊瑚礁、岩石地层和神秘的洞穴，她离开座位趴到了圆窗前，整个脸蛋儿都贴了上去。一段安静的巡航之后，船开始有点倾斜了，接着舱内传来一阵紧急的警报声，接着是摇晃。

"妈妈，潜水艇要翻了！我已经站不稳了！"她已经完全进入角色了。

——"快坐到座位上来。"她立刻回到座位上。对于危险或安全，即使是这样的年龄她也很在意。进入了泻湖，好似暴风骤雨就要来临。潜艇开始了第一次俯冲，这一刻，外面黑漆漆的一片。她紧紧地抓着我的手。如果风暴真的来临，她能做的，也唯有抓住我的手了，那么，我带着她如何才能逃生？

警报声消除了，慢慢地有了一丝亮光，舱外简直一片狼藉，满是其他飞船的残骸和海盗船、有了年代的陶罐、首饰盒、油画……好像当年电影《泰坦尼克号》的某一个片段。

潜水艇还在下降，进入了更深的水域，忽然出现了华丽狂放的一片美轮美奂的蓝色，可以变色的巨型鱿鱼散发着独特的气息，仿佛是一件件精雕细琢之后的艺术品，尽情地释放着自己的生命力，就像 艺术品一样的生命力。

"大白鲨！"她已经忘记了前一刻的紧张，开心地对我说。

——"对，海底世界！"还有无数的叫不出名字的海洋生物突然间出现了，游来游去，一片祥和与安宁。

舱里响起了缓缓的音乐，潜艇在上升，领航室浮出了水面。

"我不想走，我们可以在这里生活吗，我想坐在大白鲨的背上，我还可以向她学游泳。"她舍不得离开。

——"宝贝，还有下一个旅程，也许会更美妙！"

生活也许就是这样，一段又一段不同的旅程中，感受着不一样的乐趣，或者酸甜苦辣！

下一站，充满着无限可能！

关于迪士尼乐园

1. 全世界有6个迪士尼：美国加州和奥兰多、法国巴黎、日本东京、中国香港以及最新开业的上海迪士尼。位于洛杉矶的加州迪士尼乐园，1955年创立，是全世界第一个迪士尼乐园，据说，加州迪士尼乐园不论是园区规划或游乐设施，在欢乐度、刺激度与创新度等各方面级数，可以说在全球的迪士尼乐园里排名第二（仅次于奥兰多迪士尼）。

2. 加州迪士尼开放日与票价：

1）开放日：开放时间随季节不同，旺季时09：00~午夜，淡季时平日为09：00~20：00，一直到烟花表演结束，游园指南上都有当日活动的详细说明。

2）票价：迪士尼乐园采用一票到底制，并且区分为多种票价组合，有儿童票与成人票、单日票与2日票、年票、单个乐园与双园票之分。除门票外，公园里除吃、喝和购买礼品外，所有设施不再收费。

3. 加州迪士尼包括两个乐园，一个是Disney California Adventure Park（新建的迪士尼加州冒险乐园），一个是DISNEYLAND PARK（原始传统的迪士尼乐园），有超过65个游乐项目及景点，包括：美国大街、明日世界、幻想世界、米奇卡通城、动物天地、拓荒世界、新奥尔良广场、探险世界等。在公园门口可取阅地图，可选择中文地图，地图上不同片区用不同的颜色标出，主要游玩景点已用数字标注。

1）Disney California Adventure Park：冒险乐园挑战你的刺激承受极限，更适合大些的孩子，大多项目对身高的要求在120cm以上，其中：阳光海岸的"天堂码头"（Paradise Pier）中的米奇极速过山车（California Screamin），The Twilight Zone Tower of Terror（恐怖电梯）等尤其惊险。

2）DISNEYLAND PARK：传统迪士尼乐园老少皆宜，仅个别项目对身高和年龄有要求。

4. FASTPASS：在迪士尼里，FASTPASS卡片一定要最大限度地利用，它会为你节省大量的时间。记得在某一个项目前排队的时候要先去另一个项目拿卡片，如果你利用得好，一整天的时间可以勉强够你玩遍园内所有的项目。

5. 拍照：走在迪士尼里，经常会碰到一些演员扮成的米老鼠、唐老鸭、白雪公主和七个小矮人，可以随时合影。

Chap.7
HIGH 翻迪士尼

Chap.8

好莱坞环球影城

每个热闹的地方似乎都有一个口口相传的故事,或者因为某个人,或者因为某件事儿。

好莱坞影视城就是这样一个地方。一个多世纪以前,一名房地产商人在洛杉矶郊区买下了一块0.6平方千米的土地,后来,他的夫人在一次旅行时,听到旁边有人说自己来自俄亥俄州的一个叫作好莱坞的地方。她如同一见钟情般地喜欢上了这个名字,回到加州后,她将苏格兰运来的大批冬青树栽在这里,并将她丈夫的农庄改称为"好莱坞"(Hollywood)。后来,白色大字"HOLLYWOOD"被树立在好莱坞后的山坡上,就成了好莱坞的象征物。再后来,一个女演员在字母"D"上坠落自杀,此后,这几个字再无人接近。

（1）星光大道：满地的星星数不清

走下房车，到处是此起彼伏的尖叫声，道路两边全部是伸出手来渴望被握手的热情的影迷，戒备森严的黑衣保安，托着半米长的鱼尾长裙，慢慢走过铺着红毯的星光大道，再缓缓踏上铺着红毯的台阶，偶尔的回眸一笑，招来闪烁不断的镁光灯……

这是每一年奥斯卡颁奖礼上都重复的场景。

根本想象不到，这条300多米长的闹哄哄的人行道就是年复一年星光熠熠的奥斯卡红毯星光大道。

到了洛杉矶，星光大道是一定会来的，但说不上有什么特别的原因。反正距离环球影城也不远。

"地面上有好多好多的星星。我好像来过这里。"

——"这是星光大道"。

这条沿着好莱坞大道与藤街伸展的人行道，超过2000枚五尖水磨石及黄铜的"星星"，镶嵌在沿着"好莱坞大道"15个街区和"藤街"3个街区的人行道上。每颗星都是由一颗水磨石制成，先把粉色的五角星形镶上青铜然后再嵌入深灰色的方块中，星星里刻着授奖人的名字，

"星光大道？这些也是电影明星吗？"

——"不全是，也有广播、电视明星，音乐家、导演……还有一些对这个行业有贡献的幕后的人。"

"为什么要写他们的名字？"

——"为了纪念他们做出的贡献。"名字的下面是一个圆圈里刻

着不同的小标志分别代表了领取星星的领域,电影摄影机标示对电影产业有所贡献,电视机标示对电视产业有所贡献,留声机唱片标示对唱片产业有所贡献,广播麦克风表示对广播产业有所贡献,悲喜剧面具表示对现场戏剧的贡献。

"我真的来过。"

——"在哪儿?"

"香港啊。"噢,她还记得香港的星光大道。她往前走了几步,"还有手印呢!"她把自己的手放在地板上的手印上比了又比,"为什么所有的星光大道上的手掌都那么大?没一个适合我,香港这样,美国也这样。"她连续比了几个手印之后得出了结论。

——"因为那都是大人的手。"

"为什么不能是小孩呢?"

——"喔,可能是因为小孩们在这里做出的贡献还不够吧!你可以努力试试,也许有一天你的手也会印在上面。"

"那米妮米奇也还不行吗?这里的星星数也数不清,一个都不行吗?"她撇了撇嘴。

……

Tips

好莱坞星光大道
(Hollywood Walk of Fame)

1. 星光大道：建于1958年，是一条沿美国好莱坞大道与藤街伸展的人行道，上面有2 000多颗镶有好莱坞名人姓名的星形奖章，以纪念他们对娱乐工业的贡献。

2. 中国剧院：好莱坞的地标性建筑，承办了数届奥斯卡颁奖礼。在20世纪20和30年代，"好莱坞先生"格劳曼在好莱坞等地投资和经营多家剧场，但他一直觉得这些剧院并不太理想，格劳曼要在好莱坞建造一个与其财力和名气相匹配的、充满异域风情的东方园林。1927年"中国剧院"的剧院正式开张。极具东方韵味建筑风格的剧场，吸引了卓别林和华人女星王梅安娜等诸多知名影星名人参加奠基仪式。TCL斥资500万美元获格劳曼中国剧院冠名权，2013年1月11日更名为"好莱坞TCL中国剧院"(TCL Chinese Theatre)。

（2）环球影城：水世界里的落汤鸡

星光大道的 Mall 里，我们远远地看到了白色的"HOLLYWOOD"标志。走！环球影城去！环球影城是好莱坞最吸引人的去处，可以参观电影的制作过程，回顾经典影片片段，身临其境的忐忑，还可以邂逅经典的卡通人物。打个比方，环球影城就是大人们的迪士尼。

从星光大道出发到达环球影城的时候已经是中午了。排队进入的人依然很多，比起迪士尼安检更严格。进入影城的第一件事儿，就是找到园区地图，很欣喜！竟然还有全中文版的地图！

"妈妈，我走不动，肚子咕咕直叫。"点餐的时候我们发生了分歧，我要吃意粉，她要吃比萨，最小的比萨也是 12 寸，她一个人根本是吃不完的。

——"老规矩，剪刀石头布吧！3 局 2 胜。赢的一方有权点餐。"

"好，剪刀—石头—布！"结果，我赢了，3∶0。

——"说话算数，意粉。"

"妈妈，昨天才吃意粉，你还想吃吗？"她试探着问我，"要不，我们既不吃意粉也不吃比萨吧，我们吃烤羊腿。"

许多时候，当我们谁都不愿服从对方的时候，通常会用一个全新的第三种选择来替代。她示意我们看隔壁的餐桌。太诱人了，原来那是烤火鸡腿，一只足以够我们两人填饱肚子了。果然很美味，这样的结果我们俩都很满意。

"海绵宝宝！"她赶忙跑过去，排队等着和他拥抱合影。

Chap.1

Chap.2

Chap.3

Chap.4

Chap.5

Chap.6

Chap.7

Chap.8
好莱坞环球影城

Chap.9

顺着轰隆隆的声音,我们来到了《水世界》。排队的人很多,还有5分钟就要开始了,左中右三个观众区,游人自由选择座位。就像大学军训时的拉歌儿一样,三个方阵正在被工作人员煽动着互相比斗。落后者会被浇水。

我们被蓝色的水世界包围着,刚刚落座,就被一桶突如其来的冷水泼成

了落汤鸡。

"全身都湿了，你呢？"我转过身去看坐在我边上的她。

"哈哈……哈哈，好凉快啊！"她也浑身湿漉漉的，正在开心地大笑。

原来，我们选择的是绿色板凳，只要有水泼过来，必定会被湿身。看着

Chap.8
好莱坞环球影城

她满脸的笑,我释怀了,不禁在想,有时候,真该像她一样,无论面对的是什么,都要快乐地接受。

古老的主题,英雄救美。

大门慢慢打开,一艘船急匆匆地赶来。女主角神情慌忙,前方的城门缓缓打开,接着两个摩托艇就横空出世。发动机的轰鸣声,重机枪的嗒嗒声,善恶双方开始激烈交战。先是火光四射,然后赤手空拳;先是摩托艇,然后直升机步步逼近,激起的水浪又一次洒向我们,一片惊恐和欢呼……忽然一声巨响,火光冲天,一不留神,海盗好像就要扑面而来了,火花好像已经烧到了我们跟前,我下意识地抱紧了她。

"妈妈,不怕,这是演戏啊!"

亲爱的,原来是我入戏太深。

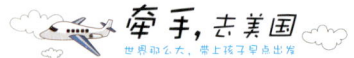

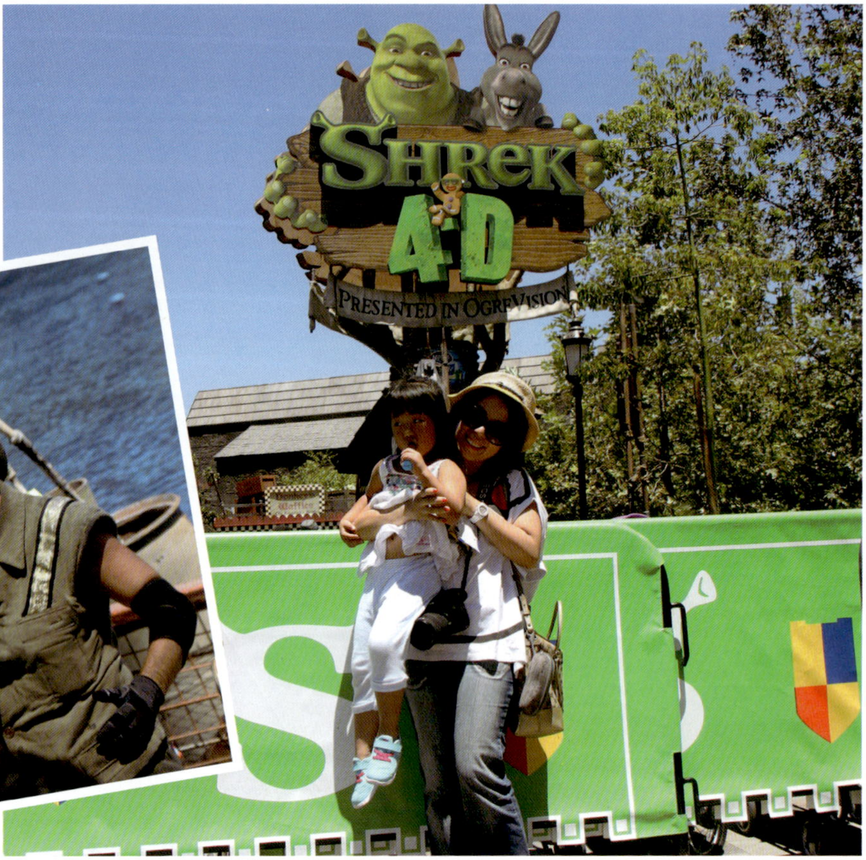
SHREK
4-D
PRESENTED IN OGREVISION

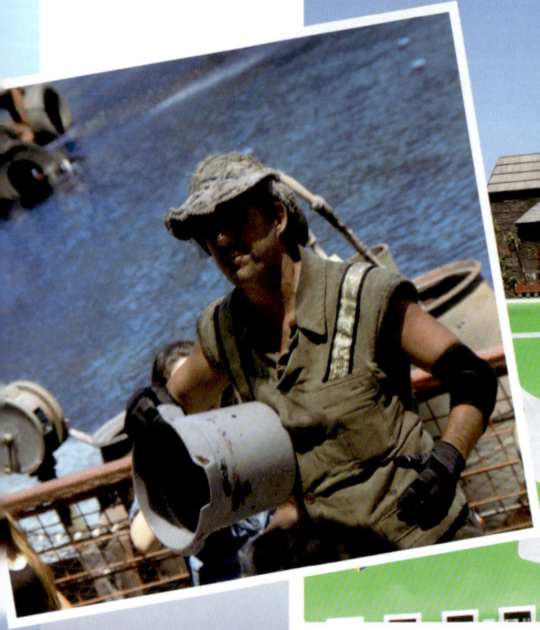

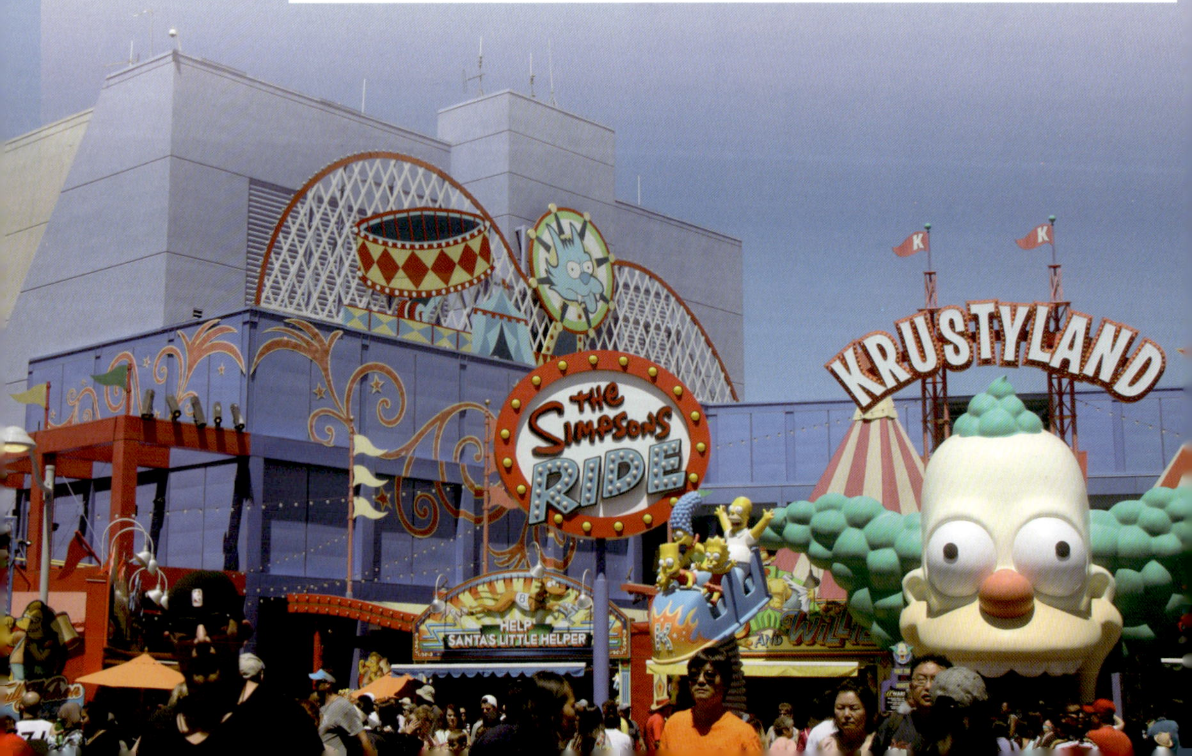
THE SIMPSONS RIDE
KRUSTYLAND
HELP SANTA'S LITTLE HELPER

Chap.8
好莱坞环球影城

好莱坞环球影城

位于洛杉矶市区西北郊。20世纪初，因为电影陆续在这里集中拍摄，使这一块土地逐渐成为世界闻名的影城。影城内有三个游览区，分别是40分钟的电影之旅、影城中心与娱乐中心。影城中心可以在电影拍摄现场亲身体验电影的拍摄过程。娱乐中心主要有远古时代、回到未来、动物明星表演等。门口的每日游园指南有中文版，上面会有当日各项表演，游乐项目演出和开放时间以及影城示意图。环球影城与环球嘉年华和迪士尼主题乐园并称为世界三大娱乐主题公园。

1. 地址：100 Universal City Plaza, Universal City, CA 91608
2. 开放时间：夏季早上8：00至晚上6：00、淡季早上9：00至晚上7：00
3. 门票：分为VIP贵宾体验票、优先入场票和单日票，三岁以下儿童免费。
4. 十大娱乐项目：侏罗纪公园、怪物史莱克、木乃伊、魔鬼终结者、火灾现场、鬼屋、动物表演、都市步行街、影城导览、音乐歌舞剧。一定要玩儿的项目：乘坐变形金刚3D虚拟过山车、室内云霄飞车、木乃伊复仇过山车、怪物史瑞克4D探险、与史瑞克和驴子一起冒险、水世界特效。

Chap.9

再见，美国

"妈妈,我们就要回去了吗?"
——"是的,假期结束了!"
"好,今天我们回去,明天再来!"

带着美好,再见,美国!

Chap.9
再见,美国

后记

甜甜圈和她的朋友圈

细想起来，我最好的朋友们似乎和我都不腻歪。闲时，我们似乎总是隔得远远的，不打望、不出声甚至不问候，可是，总是在那么些节点，在一瞬间，能变魔术一般地涌出来，就像是寒夜里忽然从天而降的热巧克力，温暖着我，鼓励着我。所以，这本书的后记，我想留给我亲爱的朋友们，感谢你们，在我的生命中留下的足迹，我想，这就是甜甜圈和她的朋友圈。

15年的老友
《生命对于她每一刻都要精彩》

与甜甜圈因着工作相识十余年，彼此因着三观的认同而惺惺相惜，我不是一个善于赞美别人的人，尤其是对于她，似乎总觉得她可以做得更好。生命中相对自己的"沉寂"和"寡淡"，她则完全不同，从一起工作的同事到竞争对手再到她的自由职业，目睹了她的"真实"与"跳脱"，她让每一段历程都变得精彩的过程晕染着很多人，包括我。

工作时她是一个投入、执行力强的先锋型人物，对于工作平台她前途无量，但却因为文化差异而毅然放弃更大的发展机会；

为人妻，她强势而任性，却愿意为爱去谋求更长久的良方；

为人母，她激情而厚爱，深知行动永远比说教来得更有力量；

当很多人一次又一次不断规划并打磨着自己的梦想时她已经付诸实施，当很多人在为别人的成就和精彩点赞时她已经开始了下一段旅程，当很多人因为放不下眼前的名利而隐忍苟且时她已经转弯另一站。

真正鲜活而有力的生命不在于有多少财富，不在于拥有多久宠爱，而是有能力结束一段精彩随时开始另一段辉煌！

也许有人会说我如果……也会……也罢，每一个生命是独一无二的，无须艳羡、无须慨叹，静下心来跟着甜甜圈去体验精彩吧！

于双·中国知名房地产网站房天下副总裁

2016年 仲夏·北京

《我们相识的那十几年》

在深圳，你每天都可能与千万个陌生人相遇。但相识并保持联系十年以上，不是一件容易的事情。

甜甜就是这样一位朋友。在深圳地产圈里明明可以靠颜值吃饭，却偏偏以才情雅致赢得敬重的奇女子。每隔两三年，必然给我们的重逢带来一些让你无法预见的惊喜。

一周前，我知道，她的第二本新书就要出版了！《牵手，去美国》，会是那部经典旅行日志《遇见，南美》的姊妹篇吗？忽然，激起了我的N多美好回忆。

我和她第一次相遇是在2003年深圳罗湖的一个投资论坛上。一个清秀精灵、慧气蓬勃的女孩子，脸庞上还没褪去学院女生的稚气，但那种直面主办方嘉宾的提问，霸气自信与甜美的声音，一下子让地产圈里的很多人，从此记住了这个姑娘。当然，我也是其中之一。

大约是2002年，前后相差不过一年时间，甜甜和我分别进入深圳地产媒体圈。我在南方都市报深圳黄金楼市当楼市记者、编辑，而她是搜狐网深圳房产的主编。2003年左右，深圳楼市还没有完全走出1999年那波高峰后的宁静，但临近爆发的迹象已经非常明显。这是深圳地产媒体人的黄金时代。甜甜是整个搜狐网深圳地产仅有的6个人之一，算是创史元老之一，她有一个很火的地产人物的对话节目《老总面对面》。

我记得非常清楚，那一年某个周五，南方都市报深圳黄金楼市的业务研讨会上。当时的黄金楼市主持人拿出一篇地产大佬龙固新的专访文章说，我们要开一个人物专访版面，学习一下这篇文章的写法。而这篇文章的作者是唐甜甜。

深圳人的生活，就是如此充满变数。很多熟悉的朋友，忽然一夜之间消失于朋友圈，当在你偶尔纪念、似乎即将忘却的时候，她又忽然回来了。甜甜似乎就这样消失过。我说过，那是深圳地产媒体人的黄金年代，她正以自己的干练与才情征服着地产圈，但她忽然从人群中消失了。那时，还没有微信，在朋友们的闲谈中，我慢慢地凑集着她的行踪与去向：她绕着地球跑，她给国内那些知名的旅行杂志做专栏作者，她与电台合作生活旅行类的谈话节目，她在知名的上市公司里负责企业的品牌与公共关系……那个时候，我们圈里的人依然在深圳不停地码字，然后，我们追着她的博客看

她的足迹,每天享受着追看甜甜的旅行日志。她在南美洲的那些年,一定是一段身心愉悦的日子。

2014年,她的第一本书《遇见,南美》出版了。出版社为她在深圳华润万象城的西西弗书店举办一场旅行沙龙书友会,她正在现场给粉丝签售新书。在西西弗书店,我看到一批热情而忠实的粉丝,在认真听她的演讲,每一个人眼中都写满了惊讶、羡慕与挚爱。

时隔数年之后,她的回归太惊艳了。这一次,我忽然发现,我们似乎依然在原地踏步,而她已经轻舞飞扬地迈向人生的另一个台阶。她是深圳旅行界最早的网红,她是受甜粉喜欢的旅行作家,同时,她还是上市地产企业的高管。

深圳无时无刻不是奇迹,她好像就是我们深圳地产圈身边的谜。西西弗书店的聚会之后,我忽然有了一种跟随写作的冲动。在深圳地产媒体圈混迹接近15年了,我想说的话很多。于是,楼兔子微信公众号诞生了。因为她的激励,我踏上贼船从此天天码字,天天熬夜码字。我自以为自己已经够辛苦够努力了,一定会缩小甚至追平与她的差距,可是,我发现甜甜又开始在另一个轨道上出发了。

她有个可爱的女儿美啦啦,为孩子的生活增加了无穷的乐趣。对美啦啦的爱,让甜甜充满无限的激情与灵感。因为美啦啦的一句"妈妈,你给我写百科故事吧",她创立了【FM甜甜圈】。美啦啦天性好动,总有十万个为什么时刻要拷问,她必须以某种适合孩童接受的方式,做有趣有益的回答,于是,有了如今中国最好的音频制作平台喜马拉雅上一档中国妈妈的儿童百科节目的出现,有了第一季《甜甜圈与美啦啦的100个对话》、第二季《妈妈带你看世界》……累计收听人数已经近100万的【FM甜甜圈】里,甜甜圈和美啦啦正陪伴着孩子们每天一起度过睡前的最温情的一刻。

三个月前,甜甜又踏上新征程了。这次,他们一家一起到澳洲去学习生活了。奔跑吧,甜甜。你给了我们一个努力的方向,祝福你!

资深媒体人 | 自媒体人 楼兔子
2016年8月·深圳

《甜甜的味道》

老来南漂，很幸运的是，因为文字的缘分，结实了一些有才华的年轻人。

甜甜，就是其中一位。

记得十多年前，我去一家知名媒体拜访，掌门人介绍出来了两位"文胆"，一位圆圆胖胖，一位娇小苗条。后者的名字就是"甜甜"，而且其姓为"唐"！当时就想，她的爸妈，真是爱若掌上明珠，含之如饴啊！甜甜确实很甜甜，言语颜笑，都是甜甜味道，交谈下来，很知礼数，思路敏捷，印象甚好。后来看了网上文章，哇哈，文笔流畅，很有灵性，便觉得，后生真正可畏！

渐渐接触便多了起来，大略知道，其实甜甜并非文科出身，但对文字的腾挪摆布，文章机理的梳理调适，有一种很难得的机灵和悟性。相较之下，自己的写作，多显得滞涩笨重，了无味道。

再后来，甜甜又到了另一家名号更大的门户网站做主编，她开始策划一些访谈沙龙。当时的我正在傻傻地开始博客的写作，总有些所谓观点装扮出来，撩人眼球，大约因为熟了，时常被甜甜"捉"来做她的嘉宾。看她从策划到张罗，从主持到总揽，大事细节，掌控得有模有样，而且随后大块专版报道立马出笼，煞是了得！以她为主打的专栏，知名度飙升，成了业内一枚品牌。记得我亦沾光了。在她的"游说"之下，我用了一个"左苍右黄"的名头，发了不少文章，其中一篇PK京城某专家的帖子，瞬间跟帖好多万，惹得那位喜欢招摇的京城专家向甜甜打探，这位"左苍右黄"有没有背景？嘻嘻，当时感觉的味道，好过当下的网红！

文字的灵魂，始终主宰着她的生命。于是，她开始绕着地球跑。南美的游走经历，在她的笔下，化成了《遇见，南美》中诗性的文字，蓬勃流泻，沛然丰美，如果品咂，那种异域和东方文化的味道，被她细腻而又张扬地表达出来。难怪不少专栏都要和她连续地签约。老生如我，亦很羡慕。

又后来，行走归来的她，被聘去了地产上市集团，职位颇好，做得亦风生水起，忽然之间，却决意随夫出国，放弃一切，飘然海外，把妈妈作为第一职业。那种人生抉择的味道，就是一个刚性！

想想，我觉得，如甜甜这样的年轻人，其实都是我的老师。因为，她启迪了我这般年岁的人，对于生命对于写作的许多新鲜的味道。

如今,甜甜又出新书了,就像远远地闻到书香一般,口鼻愉悦,心头欢喜,无以为祝,只是拉杂敲下这点文字,寄送一点点的心意。

王世泰 · 知名城市人文学者 | 资深地产专家
2016 年 8 月 · 深圳

新结识 1 年的密友

《热望》

能在七夕夜催我稿的，除了甜甜，不会有第二人，这也是我和她"相处的日常"。

其实，我们只见过一面，更多的时间是在 we chat，但这并不妨碍我们相爱相杀。那是在今年的早春，四月的北京料峭风寒。我们约好了傍晚见，暮色中，车还没停稳，她的笑声和热情就先人一步地到来，我们连客套和礼节都省了！紧接着，从鼓囊的皮包里，她掏出一本《遇见，南美》递给我，跟个接头暗号似的。

为了赶上 7 点半刘佩琦老师的话剧《杜甫》，我请她在我们戒备森严的大院里吃饭。她站在执勤的武警旁，有趣地看我里里外外地忙活着放行条，不忘揶揄：这个晚餐吃得很帝都哦！然后，在"社会主义的食堂"，我们同吃一碗拉面、分一盆冒菜，旁边的同事不可思议：你们真的是第一次见？！

我们的缘分始于《甜甜圈和美啦啦的 100 个对话》，这个至今更新的自媒体栏目。一开始，我知道的她是在音频网站上一本正经地给孩子们讲故事的妈妈；而我，电台媒体的一线从业者，正到处找节目攒平台，我们有个共同的朋友"乡镇猪"，剩下的就是自然而然、顺理成章了。只是，没有利益牵绊，没有窘迫和担忧，每周不亦乐乎地彼此"折磨"，一不小心这档节目走到了今天。

甜甜更乐意大家叫她"甜甜圈"，甜腻腻的那种，完美匹配！而她 5 岁的女儿美啦啦，则是这个节目的关键，对这个世界的一切好奇发问，都源自于这个古灵精怪的孩子。美啦啦的声音极具穿透力和感染力，有时我们反复推敲的稿子，会因为她的突然灵感全盘推翻。

甜甜一家决定去澳洲，好像是突然间的事，这符合他们的一贯作风和人生目标：不假思索，速战速决。紧接着就是辞职交接工作、收拾打包行李、陪父母旅游和各种

欢聚送行。现在，南半球落脚的她们，常常向我炫耀那边的碧海晴空或是自由恣意，末了，不忘关怀一下"水深火热"的我：快来呀！

《遇见，南美》之后甜甜遇见了美啦啦，于是有了这本新书，这回是亲子篇。尽管不着一字于爱，但你会悟到甜甜的智慧和柔情，还有"洪荒儿童"美啦啦。这一走不知会是多少年，祝福你，甜甜圈和美啦啦！

董乐·中央人民广播电台亲子节目主持人
2016年气势汹汹的盛夏·七夕夜·北京

《素未谋面的相逢恨晚》

素未谋面的相逢恨晚？我可没有骗大家。

我们在微博上相识，至今一年多，我们仍然未曾见上一面；不能让人理解的是，我们都同在地产圈也同生活在深圳，却不曾知道对方的存在，直至某一天，我们因为某一个话题而在微博上互动起来……才发现我们是如此之近。

人与人之间的相处，就是很奇妙的事情。我出生在香港，而后来到深圳工作，从香港到深圳，从2010年至今这七年来，我手机不离手，天天刷微博，而生活里我很多的朋友，都是来自微博互动然后的各种聚会……未曾见面的，算不算"朋友"？至少，在我心里，甜甜圈是一个我很期待我们能够坐下来，好好地为彼此共同信念和愿景去交流去分享的朋友。

我听她说写书和在喜马拉雅FM录广播，突然灵机一触，把她介绍给了我在北京创业中的好朋友张长亮董乐夫妇，他们正好在经营《宝宝加油》儿童电台。而甜甜圈跟他们的相遇之后，碰撞出了出彩的火花。如今，甜甜圈也作为《宝宝加油》内的一档内容供应者，甚至以我所知，他们正筹备新一系列的节目《中国妈妈在澳洲》。

甜甜圈曾经写过一本书《遇见，南美》，获得了当年度中国旅游时尚媒体联合推荐《南美旅游首选读物》，讲述的是她一个单身女子在南美洲旅游的所见所闻。大概是因为媒体出身的背景，翻阅的过程中，能感受到其笔触的细腻用心；她能够一个人游走南美，把旅游经历用照片用文字记录下来并出版，没有信念和勇气，是不可能的事。当我还在感慨的时候，她说已经辞职准备去澳洲了。让我惊讶的是，一个在地产圈独当一面的职场女管理者，居然愿意放弃高薪厚禄，带着女儿去陪伴正在澳洲工作的丈夫。

"想尽可能陪伴女儿的成长。"这是她的原话。看着她在微博和朋友圈里不时地分享着她自己和女儿及丈夫在澳洲生活的点点滴滴，我想，这就是称职的母亲和妻子的伟大，而且是一个在事业上口碑不错的职业经理人。当然，尺不在我手，说伟大或

许夸张；但要维护一段婚姻，她愿意牺牲自己热爱的事业，是以身作则的示范者。

这一次，她又有新书要出版了，是关于她和孩子在美国的游历笔记，而我将会出现在《甜甜圈和她的朋友们》，深感荣幸。第一次给朋友写书上的感言，战战兢兢，深夜至此，大概也算是诉说了我眼里这个有趣、有爱、有劲儿的甜甜圈。

更希望你们在读完这一册美国之旅后，会在与孩子成长的路上，有更深的体会。

王伟明（乡镇猪）·某非著名地产集团高管 | 知名博主

2016年8月某日凌晨1点·深圳

妈妈团留言

《世界上最有意义的"工作"》

在我的地产朋友圈里,甜甜是唯一和地产似乎没关系的人。

再有情怀的人,进了地产圈,总是忍不住成天都是房价和房子。然而她不是,她做过媒体,也做过开发商,然而,她还是没有沾染上地产圈固有的铜臭气息。没有孩子之前,她像个旅行家;有了孩子后,她成了有爱心、有腔调的妈妈,她和大多数妈妈不同,她没有带美啦啦去上早教班,而是用行走世界的方式为美啦啦打开另外一扇知识的门,用经历和经验陪同美啦啦长大。她是一个标准的故事妈妈,她坚持着每天和美啦啦在有声电台讲故事,美啦啦也像一个训练有素的孩子,和妈妈进行有趣有味的对话。讲睡前故事,讲儿童地理大百科知识,一个为孩子打开美好的世界,一个和孩子一起探索和认知世界。

每个妈妈都希望给孩子最好,却不是每个妈妈都能做到最好,因为我们的生活里总是有太多琐事了,很难走出来全心全意地去陪孩子,大多数的父母,能做到的只是,陪孩子读读睡前故事,带孩子做短期的旅行。但是,她做到了!她愿意付出,愿意舍弃,愿意努力,愿意陪伴,其实,这才是世界上最有意义的"工作",也是最令人羡慕的亲子关系!

李孟姣·资深媒体人 | 呆呆咖啡馆馆主 | 7 岁女孩的妈妈

2016 年·深圳

《写给"甜甜圈"的心里话》

喜欢"甜甜圈"这个略带点稚气的笔名,"甜甜圈"的旅行游记也一直是我心中所爱,干净俏皮而又真实隽永的文笔、乐观洒脱的生活态度深深地打动着我以及身边同样喜爱她的朋友们。也喜欢收听《甜甜圈与美啦啦的 100 个对话》,妈咪宝贝不间断的童声趣语,会让你的心瞬间融化。

至今仍珍藏着"甜甜圈"的那本自撰作品《遇见,南美》,细细品读,不知不觉痴迷其中。这本书带给我们的不仅仅是美丽的景致、迷幻的文化及充满神秘色彩的异域风情,对于我而言,更多的是一种人生感悟……曾经,我问 8 岁的女儿为什么喜欢旅行?她说,旅途中,每天可以见不同的人,看不同的景,吃不同的饭,做不同的事儿,最主要的是可以和小伙伴一起无忧无虑地玩耍。其实,对孩子来说,旅行的意义不仅是孩子眼里看到的风景和旅途中遇到的人和事,而是一路上所收获的愉悦、探索未知旅程的乐趣,更是一次又一次成长的机会。一次旅行,就是一次体验,甚至是一次刻骨铭心的经历。我有时也渴望自己像孩子一样,做一个简单纯粹的人,这样,也许更能体会到一路上别样的风景,并能释放内在的情绪,绽放鲜活的生命。

当我一次次翻看"甜甜圈"的游记,真真切切地体会到"人生就像一场未知的旅行,不必在乎目的地,在乎的是沿途的风景以及看风景的心情。"所以,遵循自己的初衷和内心真实的感受,让心灵去旅行吧!美国,我们曾经一起牵手走过。当我得知"甜甜圈"新书即将问世,内心十分激动!我相信,书中的字里行间一定会有我们的影子和当时恬淡平和的心境。它将给喜爱"甜甜圈"的读者朋友带来更多的惊喜和亮点。虽然"甜甜圈"旅居在海外,但她的心是一直留在我们身边的。此刻,我想对她说,一路有你相伴,真好!下一个旅途,希望我们能继续牵手同行……

晓霞·地产人 | 一个 9 岁女孩的妈妈
2016 年·深圳

Tips

附：9天美国西海岸行程安排

序号	行程日	主题
1	DAY1	飞机（香港—旧金山）
		到达旧金山
		斯坦福大学
2	DAY2	1号公路17里湾
		卡梅尔小镇
3	DAY3	纳帕Napa Valley：爱的古堡
		加州伯克利大学
4	DAY4	旧金山：城中穿梭（金门大桥、渔人码头39号）
		飞机（旧金山—拉斯维加斯）19：25-21：05 UA394
5	DAY5	科罗拉多大峡谷
6	DAY6	巴斯通OUT-LET
		驾车前往洛杉矶
7	DAY7	迪士尼
8	DAY8	好莱坞、环球影城
9	DAY9	飞机（洛杉矶—香港）

你好，我是甜甜圈
行走 40 国的妈妈，
为你打开未知世界之门